きみって
私のこと
好き
なんでしょ？
とりあえずお試しで
付き合ってみる？
望公太
Nozomi Kota
イラスト／日向あずり
JN131454

ねえ
好きって10回言ってみて
好き
好き
好き
好き
好き

好き
好き
好き
好き
好き
うん
私も
大好きだよ

付き合ってるのにからかわれる？

お試し交際は——最高だ。

やっほー。
見えてるー？

恋愛における勝ち負けとはなんだろうか？
白森霞
文芸同好会の先輩。
学園美少女四天王の一人。
黒矢くんのことが好き。

どうやら俺は
まだまだ恋愛というゲームを
理解していなかったらしい。

きみって私のこと好きなんでしょ？

とりあえずお試しで付き合ってみる？

望　公太

GA文庫

カバー・口絵　本文イラスト

日向あずり

プロローグ

恋愛における勝ち負けとはなんだろうか?

勝者と敗者。

勝ち組と負け組。

格付けや競争、そしてレッテル貼りが大好きなこの世界では、いつだってなんにだって優劣や勝敗がつけられる。

恋愛は時として戦争やゲームにたとえられるが――となれば当然、そこには勝者と敗者が存在するのだろう。

ならば――恋愛における勝利とはなんだろうか?

勝利条件は、どう定義されるのだろうか?

もちろん言うまでもなく、恋愛というのは一概に語れるものではない。信じられないぐらいに多種多様で、千差万別の千変万化。人の数だけ恋愛観があると言っても過言ではないし、個人の恋愛観だろうと長い人生の中でいくらでも変容すると思われる。

しかし、それでも。

大多数に共通する最大公約数的な解答ぐらいは、存在するだろう。

意中の相手にフラれたら、負け。

付き合えたら、勝ち。

これは、一つの答えと言っていいだろう。

恋愛がいかに種々雑多な概念とは言え、この勝利条件だけは一つの共通解と言えるのではなかろうか。

意中の相手と交際できたなら、それは間違いなく勝ちだ。

誰もがその者を恋愛の勝者と認め、祝福したり崇(あが)めたり、そして時には妬(ねた)んだり蔑(さげす)んだりするのだろう。

好きな相手と付き合えたら勝ち。

恋愛がどれだけ複雑かつ難解な戦略的ゲームだったとしても、この勝利条件だけは揺るがない——とか。

俺(おれ)、黒矢総吉(くろやそうきち)は、そう思っていた。色恋沙汰(ざた)とは縁遠い人生を送りながらも、そんな漠然(ばくぜん)とした恋愛観を抱いてこれまで生きてきた。

しかし。

どうやら俺は、まだまだ恋愛というゲームを理解していなかったらしい。

このゲームの複雑さや難解さは、俺なんぞの手に負えるものではなかったのだ。

●

「このゲームって面白(おもしろ)いよねえ」

放課後、二人きりの部室――

長テーブルの向こう側に座った白森(しらもり)先輩は、そう言って緑色の盤に白い石を置いた。白い石で挟まれた黒い石を、細い指でくるりと返していく。

「リバーシ……この面白さは、まるで人生の縮図だね」

「どの辺がですか？」

「んー、ええと……いろいろ白かったり黒かったりするところが？」

適当に言った後、たはは、と曖昧(あいまい)に笑う白森先輩。大した意味はなかったらしい。俺は嘆息(たんそく)しつつ、自分の黒い石を置く。

ちなみに。

リバーシで用いる白黒の丸いアレは『石』と呼ぶのが公式らしい。個人的には『駒』と呼ぶ方がしっくり来るのだが、『石』が公称だそうだ。

入部したばかりの頃、白森先輩から教えてもらった。ムカつくぐらいのドヤ顔で。「ふっふ〜ん。黒矢くんってば、こんなことも知らないのぉ？」ぐらいの鬱陶しいノリで。

「まあまあ、とにかくルールがシンプルなのに面白いでしょっ」

白森先輩は続ける。

「ルールなんて、たぶん数あるボードゲームの中で一番簡単なぐらいなのに、こんなにも楽しめるんだから、本当にすごいと思うよ」

「『覚えるの一秒、極めるの一生』という格言があるくらいですからね」

「あとなんだっけ、将棋や囲碁と同じで、二人で令和の、ええと……」

「二人零和有限確定完全情報ゲーム、ですか？」

「そうそう、それそれ。すごい、よく言えるね」

「この単語は、中学時代にいろいろこじらせてた奴は大体言えるんですよ」

「うわー、黒矢くんっぽーい」

悪戯っぽく笑って言う。若干バカにされたような気もしたけれど、不思議と不快感はなかった。

二人零和有限確定完全情報ゲーム。

ゲーム理論による分類の一つで、いろいろ省いて凄まじく簡単に説明すれば——プレーヤーが二人で、運要素が介在せず、両者の情報が完全に公開されているゲームのことを指す。

将棋、囲碁、チェス、そしてリバーシなどがこれに相当する、らしい。

俺も詳しくは知らない。

ただこのワードの格好良さに胸を打たれただけだ。

「でも本当によかったよ。黒矢くんが、この部に入ってくれて」

指先で石を白い石を弄(もてあそ)びながら、白森先輩は遠い目をして言う。

「私一人じゃ、こんな風にリバーシで遊んだりできなかったもんね。一人で本を読んでるだけだったと思う」

「……別に、リバーシで遊ぶのがこの部の活動じゃないですし、そもそも部じゃないですけどね」

「はい、正論禁止ぃー。先輩がいいこと言ってるんだから水を差さないの」

「………………」

「まったく、かわいくない後輩だなあ、黒矢くんは」

やれやれと肩をすくめる白森先輩だった。

今のやり取りからもわかるように――放課後にリバーシで遊んでいる俺達は、別にリバーシ部というわけじゃない。

もっと言えば『部』ですらない。

学校に提出している名称で言えば、『文芸同好会』となるのだろう。

特別棟三階、最奥の教室――

大量の本が詰め込まれた本棚と、歴代の部員が作成したと思われる大量の部誌。長テーブルとパイプ椅子……この教室は、昔は文芸部の部室として使われていたらしい。

外には未だに『文芸部』という看板が下がっているが、部活自体は数年前に人数不足で廃部となったそうだ。

その後は『文芸同好会』と名を変えて、学校からの部費がない代わりに活動義務もないような、本好きが集まるだけの同好会となった。

去年俺が入会した時点で、メンバーは白森先輩一人。

それからずっと、二人だけで活動をしている。

と言っても大したことはしていない。本を読んだり、本の話をしたり、リバーシや他のボードゲームで遊んだりするだけの、温い同好会だ。

「そういえば黒矢くん」

「なんですか白森先輩？」

「そろそろ五月になったけど、新しいクラスには馴染めた？」

「俺に馴染む気があると思いますか？」

「思わない」

「それが答えです」

「あはは。相変わらず陰キャ全開だねぇ」

「ほっといてくださいよ。好きで陰キャやってるんですから」

陰キャと陽キャ。

いつの間にやら世の中の学生達は、そんな二階級に分類されるようになってしまった。

俺がどちらに分類されるかと言えば、当然ながら陰の方だろう。クラスの誰もがそう思ってるだろうし、自分でもそう思う。

さして抵抗はない。

陰キャでなにが悪いのか。

わざわざ眩しくて騒々しい日向を歩くより、涼しくて静かな日陰を歩く方が俺には合っている。

己の性分をねじ曲げてまで、相性の悪い方に馴染もうとは思えない。

そんな疲れることをするぐらいなら、一人で本を読んでいる方が楽で楽しい。

黒矢総吉は――そういう人間だった。

「陰キャであることを否定するつもりはないですし、そう呼ばれることにも抵抗はないんですけど、『本当は陽キャになりたいんでしょ？』みたいな決めつけはやめてほしいんですよね。そういう奴もいるでしょうけど、俺は陽キャを嫉妬交じりに叩くようなアマチュア陰キャとは違いますから。美学と哲学を持って日陰に住むことを選んだタイプの陰キャです。陽キャと陰キャはどちらが上という話ではなくて、各々の領分や価値観の問題で――」

「うわー、黒矢くんが黒矢くんっぽいこと言い出した」

「……もうなにも言いません」

「あははっ。ごめんごめん。もうっ、このぐらいで拗ねないでよ。まったく……ほんとかわいい後輩だなあ、黒矢くんは」

明るく笑い、さっきとは真逆のことを言う。

俺はかわいい後輩なんだか、かわいくない後輩なんだか。

まあ……どっちでも複雑だけど。

軽く落ち込みつつ、改めて白森先輩を見る。

俺が陰側の人間だとすれば——彼女は間違いなく、陽側の人間だろう。

明るく、人当たりがよく、友達が多く、そして美人だ。

本来なら俺と関わり合うこともなかっただろう、スクールカースト上位に住まうリア充であり、自他共に認める陽キャ。

俺とは——住む世界が違う。

しかしどういう運命の悪戯があったのか、俺と彼女は巡り会い、なんだかんだで仲良くなり、いつの間にやら一年も同じ同好会で過ごしてしまった。

二人きりで、一年も——

ぼんやりとそんなことを考えながら、俺は白と黒が入り交じる盤面へと視線を下ろした。

ゲームは佳境に突入しつつある。

白森霞(しらもりかすみ)。

俺と同じ緑羽(みどりば)高校に通う、一つ上の三年の先輩。

文芸同好会、現代表。

ふわりと広がったダークブラウンの髪と、長い睫毛(まつげ)に縁取られた双眸(そうぼう)。整った鼻梁(びりょう)と艶(つや)っぽい唇。温和で大人びた雰囲気を持つ、見目麗(うるわ)しい女子である。

緑羽高校『美少女四天王』の一人。

我が校の三年には、類(たぐ)い希(まれ)なる美貌(びぼう)を誇る美少女が四人存在する。彼女ら四人は仲のいい友達同士で、共に行動しているとやたら目立つ。

そのせいなのか、いつしか彼女らのグループは『美少女四天王』という大変頭の悪い名称で呼ばれるようになったらしい。

白森先輩は、その一角。

『四天王』として有する二つ名は——『人妻』。

……女子高生に与える異名じゃねえだろ、と思う。

まあ、気持ちはわからなくもないのだけど。

顔立ちは大人っぽく、目元や口元には独特の色香が宿る。高身長でスタイルはよく、また女性特有の起伏にも富む。かなり……富む。

美少女よりも美女と表現したくなるような、大人っぽいルックスをしている。女子高生離れした色気を纏う彼女には、『人妻』という呼称が割としっくりと来てしまうのだった。

当然ながら、本人は嫌がってるけど。

とにもかくにも全校生徒が知っているような有名人であり、それでいて美しい外見を鼻にかけない社交性を持ち合わせてることから、男女問わずに人気が高い。

そんなリア充であり陽キャの彼女だが、意外なことに……いや意外と言ってしまうと偏見であり失礼な話なのかもしれないが——ともあれ。

趣味は——読書である。

一般文芸、ラノベ、ライト文芸、純文学……小説という活字媒体をこよなく愛し、漫画やアニメなども普通に楽しむ。

いわゆる物語が、いわゆる虚構が、好きらしい。

友達と大人数でワイワイ楽しむことと同じぐらいに、一人で物語に触れる時間も大切にする人なのだ。

だから彼女は文芸同好会に所属しており——そして、読書ぐらいしか趣味を持たない俺と、なんの因果か出会ってしまったのだ。

「……むぅ。むぅ～～」

勝負の終盤——

白森先輩は盤上を睨みつけて呻っていた。腕を組んでいるせいで豊かな胸部がさらに強調されるようになってしまう。

男なら誰もが目を奪われるような光景だったが、俺は鋼の理性で視線を逸らし、極めてクールな口調を心がけて告げる。

「白森先輩。どれだけ考えても、もう俺の勝ちで確定ですよ」

完全に勝負はついている。

まだ白の置き場所はあるが、どこに置こうが即座に俺に返される場所しか空いていない。将棋で言うなら、完全に詰みの状態だ。

「……むぅ～～っ！　ああーっ！　まー、けー、たーっ！」

両手を挙げて大仰に嘆き、机に突っ伏す白森先輩。

大人びた美貌の持ち主であるくせに、言動や仕草は意外に子供っぽく、表情もコロコロと変わる。見ていて全く飽きない先輩だ。

「あー……、くそぉ……悔しいよぉ。はぁーあ。黒矢くん、本当に強くなったよねえ。前は私の連戦連勝だったのに」

「そりゃ一年やってますからね」

最初の頃は全く勝てなかった。

白森先輩が強かった——というよりは、俺があまりに無知だったからだろう。リバーシのセオリーなんて『四隅を取った方がいい』ぐらいしか知らなかった。

文芸同好会に所属し、放課後こうしてリバーシを打つ機会が増えてからは、自分なりに結構勉強した。

いざ真面目に勉強すると、リバーシは本当に奥が深かった。

本を買って様々な定石を学び、ネットの無料ゲームで経験を積み、『ああ、このゲームって、自分が好きにやるんじゃなくて、相手を自由にさせないようにするゲームなんだ』という気づきがあってからは、少し見る世界が変わった感じがする。

「ズルいなあ、黒矢くん。一人でシコシコ特訓してるんでしょ？」

「努力をズルいとか言われても困ります」

「あーあ、私ももっとがんばろ。このままじゃ『文芸同好会』代表としての威厳が損なわれるもんね！」

「……リバーシの強さで保たれるものなんですか？　うちの同好会の威厳って」

「別にいいでしょ。どうせ私達二人だけの同好会だし」

白森先輩は体を起こし、今度はパイプ椅子にもたれかかるようにした。胸を張ったことで、巨乳がさらに強調される。

……前屈みでも胸を反らしても強調されるって、どういうことだ。

「結局今年も、新メンバーは入らなかったしなー」

「勧誘もしてないですからね」

若者の活字離れのせいなのだろうか。まともな活動もしていない文芸同好会に入ろうという物好きは、なかなかいないようだった。

「寂しい話だけれど、また一年、黒矢くんと二人だけの活動になりそうだね」

「……俺としてはよかったですけど」

「え？」

「あっ。いや……」

「……ふうん。そうなんだ」

白森先輩は最初少し驚いた顔をした後、にんまりと口元を歪めた。

「そっかそっかー、黒矢くんは私と二人きりの方が嬉しいんだぁー」

「……違います。新入生とコミュニケーション取るのが嫌なだけです。コミュ障の陰キャなんで、新しい知り合いとか作るの苦手なんです」

からかうように言ってくる彼女に、素っ気なく返した。

「……うーん。ほんと強情っ張りだなぁ」

拗ねたように呟いた後、今度はパイプ椅子から立ち上がった。

テーブルのこちら側に回ってくると、わずかに前屈みになって、俺の目を覗き込むようにしてくる。

「ねえねえ黒矢くん。私に勝ったご褒美に、なにかしてあげよっか？」

「……は？」

「下克上のご褒美、なにが欲しい？」

「いや……いらないですよ。なにか賭けて勝負したわけでもないですし。てか別に、白森先輩にリバーシで勝ったのなんて、今日が最初ってわけでもないし……」

「いいから。なにかあげるって。なにが欲しい？　あるいは……お願いを聞くとかでもいいよ。なんでも一つ、お願い聞いてあげる」

白森先輩はなぜかぐいぐい迫ってきた。

顔が一気に近くなる。

長い睫毛と、神秘的な輝きを秘めた瞳――俺は思わず目を逸らした。

「黒矢くん。なにか私にお願いしたいこと、ないの？」

「……ないですよ。なんなんですか、いきなり？」

そう答えると、やや不機嫌そうな表情を浮かべた後、

「……はあ～」

と、盛大な溜息を吐いた。

「あー、もういいや。これだけ言って無理なら、もうしょうがないよね」

「……？」

なんなんだ、今日の先輩は？

なんだか様子がおかしい。

いやまあ、いつも割と独特のテンションで考えが読めない人なのだけれど、今日は輪をかけて行動が読めない――

困惑する俺を無視して、白森先輩は再びパイプ椅子に座った。

対面――ではなく、俺の隣に。

一気に距離が近くなった。

「ねえ、黒矢くん」

頬杖(ほおづえ)を突きながら、白森先輩は言う。

口元にからかうような微笑を浮かべ、悪戯めいた視線をこちらに向けながら。

俺達の関係性を――決定的に変えてしまう一言を。

「きみって私のこと好きなんでしょ？」

それは、予想だにしない一言だった。

時間が止まったような気がした――それなのに、鼓動だけは信じられないぐらいに速くなる。

白森先輩は笑っていた。

頬杖で左右非対称に歪んだ口角は、実に愉快そうな笑みを作り上げている。

頬は少しだけ赤く染まっていたが——おそらく、俺の方がはるかに赤い顔となっていることだろう。体中の血液が沸騰(ふっとう)し、全てが顔に集まっていくような錯覚がした。

「え……なっ。え、っと……」

「好きなんでしょ、私のこと?」

「……っ」

「違うの?」

ジーッ、と。

まっすぐ俺を見つめながら、畳みかけるように問うてくる。

あるいは。

あるいはこの瞬間ならば——まだ、どうにかなったのかもしれない。

どうにかなったし、どうとでもできたかもしれない。

ここでの返答さえ間違えなければ、いくらでも誤魔化(ごまか)す方法はあったはず。

しかし——

「……な、なんでわかったんですか?」

俺は。

驚愕と動揺で頭が真っ白になってしまった俺は、悲しいことに無様なことに、返しの一手を致命的に間違えてしまった。

なに一つ誤魔化すことができず、素で問い返してしまった。

本音をそのまま、口にしてしまった——

「へえー。やっぱりそうなんだ」

にんまりと、先輩は嬉しそうに笑う。

勝ち誇るような笑みを向けられ、俺の恥辱はまた加速する。

「……あっ、ちがっ……」

「あーっ、よかった。これで間違ってたら、私かなり痛いもんね。超自意識過剰っていうかさ」

「だから、あの……ち、違くて」

「うん？　違うの？」

「……っ」

「好きなんでしょ、私のこと？　大好きなんでしょ～？」

なにも言えずにいると、白森先輩は人差し指で頬をつついてきた。

「うりうり～」

「や、やめてください……っ！」

「あはは。顔真っ赤だよ」

俺はパイプ椅子から立ち上がり、飛び退くように距離を取る。焦りまくる俺を、白森先輩は楽しげに笑い飛ばした。

くそっ。

いつもこうだ、この先輩は。

鬱陶しくてデリカシーがなくて、他人のパーソナルスペースにガンガン踏み込んできて、スキンシップに遠慮がなくて……かと思いきやたまに慎み深い一面もあったりして、空気は割としっかり読める人で、なんだかんだ優しい心の持ち主で、あと顔がかわいくてスタイルが最高で、俺にとっては理想そのものみたいな――

いや……違う。なんで途中からベタ褒めになってんだよ。

ああ、クソ。

もう、ダメだ。

もう、誤魔化せない。

俺は――黒矢総吉は、白森霞に惚れていた。

ずっと前から好きだった。

初めて会ったときからほとんど一目惚れみたいに好きになって、そしてこの一年で、どんどんどんどん好きになってしまった。

恋に落ちるどころの話じゃない。

底なし沼にハマるみたいに——ベタ惚れしてしまった。

もちろん、付き合えるなんて思っちゃいない。

そんな分不相応な夢を抱いちゃいない。

俺のような陰キャが、陽キャの代名詞とも呼ぶべき彼女と付き合えるはずがない。先輩が俺に優しいのは、ただ彼女が誰にでも優しいからであって、それを特別扱いなどと勘違いしてはならない。

そりゃまあ……ワンチャンぐらいあるかなと妄想したり、告白方法を考えて練習したりはしたけれど、この想いを直接伝える勇気なんて俺にはなかった。

こうして同じ空間で、同じ空気を吸えるだけで、十分だった。

だから、絶対に隠しておこうと思った。

バレないように、必死に隠してきたのに——

「ふっふっふー。そっかそっかー。やーっぱり黒矢くんは、私のことが好きだったか」

屈辱と羞恥で死にそうになる俺とは対照的に、白森先輩はこれ以上ないぐらいの上機嫌となっていた。

「さてさて、どうしてくれようか」

にたにたと微笑みながら、品定めをするように俺を見つめてくる。

俺はもう、まな板の上の鯉のような心境だった。

相手に好意を見抜かれる。

自分が思いを寄せている相手がバレる。

俺のような自尊心ばかり一丁前の陰キャにとって、それは死にも等しい恥辱であった。首元に刃を突きつけられ、生殺与奪の権利を握られているのと同じ。

最大の弱みを、相手に握られてしまった。

「……か、金が目的ですか？　いくら払えばいいんですか？」

「いや、金って」

「お、お願いします。誰にも言わないでくださいっ！　特に……白森先輩にだけは！」

「いやいや、私が白森先輩なんですけど？」

そうだった。

一番バレちゃならん相手にバレてるんだった。

「……ぷっ。あははっ、もう、テンパりすぎだよ、黒矢くん」

堪えきれないとばかりに笑う白森先輩。

「安心してよ。別に誰かに言ったり、からかったりしないから」

「………」

「それとも、私がそういうイジワルすると思ってる？　きみの中の私は、そういう心ないイジワルする人なの？　きみが惚れた白森先輩は？」

「──っ！　さ、早速からかってきてるじゃないですか……」

「あはは。まあ、このぐらいはね」

くそぉ……。

こっちの気も知らずに、楽しそうにしやがって。

俺が、どれだけ……どれだけ本気で、あなたのことを──

「ねえ……黒矢くん」

気がつけば。

白森先輩はパイプ椅子から立ち上がり、俺への距離を詰めてきた。壁際まで飛び退いてしまった俺に、ゆっくりと近づいてくる。

後ろは壁で、もうどこにも逃げ場はない。

「きみって、私のこと好きなんだよね？」

「……っ」

じっと見つめてくる目、言葉を紡ぎ出す唇、きめ細やかな肌、女子特有の甘い香り……なにもかもが暴力的なまでに魅力的だった。至近距離で見る彼女はあまりにかわいくて美しく、俺に逃避や誤魔化しを許さない。

「は、はい……」

肯定の言葉が、強制的に引きずり出されてしまう。

「好き……です」

「……そっか」

白森先輩は満足そうに頷いた後——

「それならさ」

と、続きの提案を口にする。

すでにこれ以上ないぐらい混沌と化した俺の内面を、さらに根底からひっくり返してかき乱すような、途方もない提案を——

「とりあえずお試しで付き合ってみる？」


言葉の意味が、すぐには呑み込めなかった。

とりあえず？

お試しで？

付き合ってみる？

「え？　え？　ええ？」

「聞こえなかった？　とりあえずお試しで付き合ってみる？　って言ったんだけど」

白森先輩は同じ言葉を繰り返す。

いつもの笑顔で、でもほんの少しだけ照れたような顔で。

「まあ……ねえ？　私だって別に、黒矢くんのことは嫌いじゃないし……かわいい後輩に『好きです』って言われたら……まあその、うん……当然、ちょっと嬉しくなっちゃうし？」

「………………」

その言葉に、少しの安堵感を覚えた。

俺みたいな奴が『好き』だなんて言ったら――後輩だから優しくしてやってただけの相手が勘違いして好意を寄せてきたら、『キモい』とか『思い上がるな』とか、そういう侮蔑的感情を向けられる恐れも十分あると思ってたけれど――

どうやら俺の告白……いや、告白したわけじゃないんだけど、とにかく俺の好意自体は、そこまで拒絶はされていなかったらしい。

「だからさ――とりあえずお試しで付き合ってみよっか？」

「お、お試し、ですか？」

白森先輩は言った。

「うん、お試しカップルってことで。あんまり難しく考えないで、とりあえず付き合っちゃおうよ」

「…………」

俺の頭は、未だに上手く回ってくれない。

衝撃の展開が連続しすぎて、まるで思考が現実に追いつかない。

え？　俺、付き合えるの？

憧れの先輩と、付き合えちゃうの？

生まれて初めての彼女ができちゃうの？

でも、お試しって……ど、どういうことなんだ？

陽キャって、このぐらいのノリで付き合っちゃうもんなの？

「ちなみにシンキングタイムは――十秒です」

混乱の極致となる俺に、さらなる追い打ちがかかった。

白森先輩は大層楽しそうな、勝利を確信したような笑顔で言う。

「じゅ、十秒⁉」

「十秒です。十秒以内に『イエス』って言わなきゃ付き合ってあげません」

「ええっ⁉　そんな、ちょっ、ま、待ってくださいっ……！」

「待ちませーん。はい、よーいスタート！　いーちっ、にーいっ、さ――」

「……イ、イエス！」

焦りに焦りまくった俺は、テンカウントのかなり序盤の方で叫んでしまう。

ダウン中のボクサーだったら、セコンドから『焦るな！　エイトカウントまでは休んでいろ！』と注意されるような、とにかく焦りまくった対応だった。

「お、お、お願いします。俺と……っ、付き合ってください。お試しでもいいから、先輩と……っ、付き合いたいです」

思考停止した頭で、ほとんど反射のように飛び出したそれは――俺の、十六年の人生での、初めての告白だった。

一人のときにこっそり何度も練習した告白とは、まるで違う。

嚙み嚙みでしどろもどろで、クールさやスマートさの欠片もなく、下手に出て媚びへつらうような、最低最悪の告白――

「うん。よろしい」

――にもかかわらず、白森先輩はとても嬉しそうだった。

満足そうに至福そうに、そしてどこか安心したように微笑んでいた。

「これからよろしくね、黒矢くん」

●

かくして――俺に生まれて初めての彼女ができた。

相手は、ずっと好きだった美人の先輩。

想いを寄せていた相手と、付き合うことができた。

お試しとは言え、恋人関係になれた。

結果だけ見れば上々なのかもしれない。

しかし……過程は散々だ。

好意を見抜かれ、『お試しで付き合ってみる？』と若干上から目線な提案を受け、そして……その提案に、縋るみたいに乗ってしまう。

みっともないにもほどがある。

情けないにもほどがある。

到底――勝った気分ではいられない。

恋愛という名の心理ゲーム。

初期スペックは死ぬほど不平等。ルールは曖昧模糊。恋愛シミュレーションゲームと違ってルートなんぞ存在しない。正しい選択肢を選び続けたところで、誰かと付き合えるとは限らない。もっと言えば、誰が自分にとってのヒロインかすらもわからない。人によっては、最後の最後までヒロインが存在しないパターンだってあるだろう。

そんなクソゲー極まりない現実の恋愛ゲームで、それでも唯一、ちょっとは信じることができた、最大公約数的勝利条件――

好きな相手と付き合えたら、勝ち。

フラれたら、負け。

唯一の寄る辺と思われた条件が——今、揺らいでしまった。

知らなかった。

思いも寄らなかった。

まさか、好きな人と付き合えたのに、こんなにも敗北感に苛まれることがあるだなんて——

勝った気なんてまるでしない。

気持ちで言えば——完全敗北。

彼女との恋人関係は、俺の完膚なき敗北から始まった。

第一章　敗北ゲームスタート

昔からリア充という言葉が嫌いだった。

リアルが充実している——略して、リア充。

誰が考えたのかは知らないけれど、とにかく嫌いだった。

別に——『リア充死ね』『リア充爆発しろ』とか叫ぶ連中みたいに、リア充に対して嫉妬(しっと)や憎悪を抱いているわけではない。

シンプルに、『リア充』という言葉が嫌いなのだ。

なぜなら——リア充という言葉は、リア充を的確に表現できていないから。

リアルが充実しているからリア充。

そもそも、だ。

リアルの充実とは、なんだろうか。

リアル——現実世界の充実・充足とは、果たしてなんだろうか。

答えはとても簡単。

『そんなもんは人による』、だ。

幸せや成功の定義が個々人によって異なるように、『リアルの充実』の定義だって人によって違って当たり前だろう。

それなのに。

世間で言う『リア充』とは、友達が多くて、恋人がいて、BBQやスキー旅行などのイベントを楽しんで、SNSのフォロワーがたくさんいて……そんな画一的なイメージ像で語られることがほとんどだと思う。

通り一遍（いっぺん）なリア充イメージから外れた者は――『非リア充』だの『非リア』だのと蔑（さげす）まれるわけだ。

冗談じゃない。

恋人がいないくらいで、友達が少ないぐらいで、勝手に『リアルが充実していない』と決めつけられるのは堪（たま）ったもんじゃない。

漫画や本を読む。

映画やアニメを見る。

ゲームや動画を楽しむ。

これらの行為だって紛（まぎ）れもない『リアル』であり、当の本人が納得しているのであれば、それらは立派な『リアルの充実』であると思う。

友達が少なくて、彼女がいなくて、趣味がインドア派……そんな要素だけで『非リア』と決めつけるのは――『女の幸せは、いい旦那様を見つけて家庭に入って子供を産み育てること。それができない女は不幸』と決めつけるぐらい視野が狭い話だと思う。

多様性の尊重されるべきこの時代、人生における充実を偏った側面からしか考えられない『リア充』という単語は、言葉としてあまりに不適当だ。凝り固まったステレオタイプな価値観と、マイノリティー排除の同調圧力が生み出した悪しき若者言葉だと言えよう。

その点――『陽キャ』『陰キャ』の区分はいい。

別に気に入ってるわけではないが、まあ『リア充』『非リア』の区分よりはまだ得心がいく。

陽っぽいから、陽キャ。

陰っぽいから、陰キャ。

ふむ。なるほど、わかりやすい。言葉としては適当だと言えよう。言葉だけで言えば単なる属性の違いのように感じるし、そこまでの優劣は感じられない。もちろん世間一般的に言えば圧倒的に陽キャが上なんだろうが、『リア充』『非リア』ほどの差別的偏見は感じられない。

勝手に『リアルが充実していない』と決めつけられて『非リア』と蔑まれることは我慢ならなかったが、『属性的に言えば陰の方だから陰キャ』という程度の差別ならば、甘んじて受け入れてやってもいい――

「――とかなんとか、クソ面倒くせえこと言ってた総吉も、とうとう彼女持ちリア充の仲間入りかよ。笑える話だな」

「……うっせ」

茶化すように言ってきた友人の刻也に、俺は負け惜しみみたいに返しながら、うどんを啜った。

彼女ができた日の、翌日の昼休み。

二階の学食には大勢の生徒が押し寄せていた。

俺と刻也の二人は、隅の方にあるテーブル席に向かい合って腰掛けている。

「お前みたいな奴に彼女ができたってだけでも驚きなのに、まさか相手が『四天王』の一人とはな。ずいぶんと高嶺の花を落としたじゃねえか」

刻也はカツサンドを頰張りながら続ける。

「白森霞先輩……いいよなあ。美人だし、タッパあるし、胸でけえし。なんなら俺が付き合いたかったぐらいだよ」

「……おい」

「くくっ。冗談だよ。ダチの初彼女に手ぇ出すほど女に不自由してねえっての」

自分なりに怖い顔を作って睨んだつもりだったが、刻也には微塵も効いた様子はなく、楽しげに笑うだけだった。

下倉刻也。

同学年の男子で、中学からの友人。

友達が勝手に少数精鋭になってしまう俺にとっては、数少ない友人の一人と言えよう。今はクラスが違うが、新しいクラスで未だに友達ができない俺には、こいつぐらいしか一緒に昼飯を食ってくれる友達がいない。

狼を思わせるような鋭い目つきと、皮肉げに歪む口元。背が高くてガタイがよく、野性的な雰囲気を纏うイケメンだ。

高身長で、目つきはキツいが顔はいい。風格だけで言えばスクールカースト上位に住まうリア充&陽キャのように見えるが……刻也はなんというか、そういうタイプではない。

スクールカースト以前に、スクールにさほど興味がない。

中学時代から学校はサボりがちで、学外のライブハウスやHIPHOPサークルに顔を出し、年上の女子高生と付き合ってるようなタイプだった。高校に入学してからは、社会人や大学生のお姉様方と遊んでいるらしい。

陽キャは陽キャでも、学外のコミュニティーに重点を置いてるタイプの陽キャ。

俺のような存在感の薄い陰キャとは対極もいいところだが、中学時代、体育や総合学習の際、クラスの浮いてる者同士で強制的にペアを組まされることが多々あり、その縁が今でも続いている感じだった。

「お前、本当に好きだったもんな、あの先輩のこと。見てるこっちが恥ずかしくなるぐらいにベタ惚れだった」

「……べ、ベタ惚れとか言うな。普通だよ、普通……普通に……す、好きだっただけだ……」

「くくっ。照れんな照れんな」

　俺が白森先輩に惚れていたことは、刻也には伝えてあった。

　いやまあ、自分から教えたり相談したりしたわけではないのだけれど……なんか、話の流れで普通にバレてしまっていた。

「まあ、なんにしてもめでてえ話じゃねえか。親友の俺に相談なく告白しちまったことはちーっと寂しい気もするが、最高の結果に免じて許してやるよ」

「……ん？」

「そうかそうか。理屈屋でひねくれ者で自意識の化け物だった総吉が、勇気を振り絞ってまっすぐ愛を伝えたのか……。ほんと……よくやったな、お前」

「いや……ちょ、ちょっと待て」

　感極まったような顔で称賛してくる刻也を、慌てて制した。

「俺、告白はしてないぞ」

「……は？　してない」

「ああ」

「嘘だろ……。じゃあまさか、相手からコクってきたのか？」

「そういうわけでもなくて……ええと、なんつーか、すごく説明が難しいんだけど――」

　俺は昨日の流れを簡単に説明した。

好意を見抜かれて。

お試しで付き合ってみる？　と言われて。

そして、イエス、と答えてしまったことを。

「…………なんっっっじゃそりゃ？」

さっきまでの称賛モードはどこへやら、呆れ果てたような視線を向けられる。

「総吉、お前……ダセぇにもほどがあんだろ。お情けで付き合ってもらったみてぇになってんじゃねえか」

「……う、うるせえよ」

「男と女なんて、最初が一番肝心なんだぞ？　付き合う時点でそんなザマじゃ、お前これからずっと相手に頭上がんねえぞ？」

「だから、うるせえって……」

俺は深く息を吐き出し、片手で頭を抱えた。

「わかってんだよ。死ぬほどダサかったことぐらい……」

昨日の一連の流れ――思い出すだけで屈辱で死にたくなってくる。

なんであんなダセぇ感じになってしまったんだろう？

もっといくらでもやりようはあったはずなのに。

「……もしかすると、からかわれてんのかな、俺」

不安が口から出てきてしまう。

「俺が調子に乗って彼氏面し始めた瞬間に、『ドッキリでしたーっ！』って大笑いされたりして……」

「その可能性もあっかもなあ。そういう趣味が悪りぃことして地味な奴をからかって遊ぶ連中は、どこにでもいるからよ」

けどよ、と刻也は言う。

「白森先輩は、そういうくだらねえことする女なのかよ？」

「……いや」

しない、と思う。

しない、と信じたい。

やたらと俺のことをからかってくるけど、悪ノリがすぎることもたまにあるけれど、人の心を悪戯に踏みにじるようなことは──彼女は絶対にしない。

「じゃあ、信じるっきゃねえな。お前が惚れた女のことを」

刻也は肩をすくめ、茶化すように言った。

「いくら『お試し』っつっても、多少なりとも好意がなきゃ無理だろ。意外と相手もお前に惚れてたんじゃねえのか？」

「……どうだかな」

そんなの、俺にわかるはずがない。

むしろ――この世の誰よりも俺が知りたい。

白森霞が、黒矢総吉のことをどう思ってるか――

「……いまいち信じられねえよ。俺が、白森先輩から好かれてたなんて。向こうは美人の人気者で……一方俺は、なんの取り柄もねえ凡人だ。好かれる理由がわからん」

「なんだかんだ、一年一緒に同好会やってきたんだろ？　その間、お前がずっと好き好きオーラ全開だったなら、向こうだってそりゃ意識するだろ」

「だ、誰が好き好きオーラ全開だよ！」

「現にバレてたわけじゃねえか」

「うぐ……」

「相手が自分を好きってわかったら急に気になり始める、なんてよくある話だからな。お前みたいな冴えない奴だろうと、自分に惚れてるってわかったら、男として意識しちまうこともあるだろうよ」

それは……まあ、わからないでもない話だ。

俺だってたぶん、『あいつ、お前のこと好きだってよ』という情報を手にしたら、露骨にその相手のことを意識してしまうだろう。まあ残念ながら、俺にはそんな経験は一度としてないんだけど。

俺が少し納得していると、刻也は「それに」と続けた。

「お前は『なんの取り柄のない凡人』ってわけでもないだろ。そこまで自分を卑下することもねえよ。なにせ元プロ——」

「………………」

「——っと悪りぃ」

「……いや。いいよ」

わざとではなく本当に失言だったようで、刻也は申し訳なさそうな顔で謝罪してきたが、俺は軽く首を振った。

「今はもう、そこまでトラウマってわけでもない。だからそんなに気を遣ってもらわなくても大丈夫だ」

これが中学時代なら——中学三年の頃ならば。

今の一言だけで、過呼吸になっていたかもしれない。頭や胸を押さえてこの場に蹲ってしまったかもしれない。

でも——もう大丈夫だ。

もう俺は、前を向けるようになった。

何度も振り返ったり俯いたりはすることはあるけれど、前を向ける回数が増えてきた。

「ふうん。ならよかったぜ。一応、少しは心配してたからな。中学終わりの頃のお前は……正直、見てらんなかったからよ」

　表情に影を落とし、刻也は言う。

「あの一件のせいで中三時代はほとんど不登校で、志望校のランク落とすことになって、高校の入学式でも死んだような目をしてて……こいつ、本当に大丈夫かって思ってた。高校なんてすぐにでも辞めちまいそうだなって」

「…………」

「けどそれが、美人の先輩と仲良くなった途端、急に元気になってノリノリで毎日通いだすんだからな。ったく、心配して損したぜ」

「……俺はそこまで単純じゃねえよ」

「単純だろ。嫌なことあって人生に絶望してたけど、好きな女できたら人生楽しくなっちまったんだろ？」

「…………」

　なにも言い返せない自分が悔しかった。

　いろいろと首肯しづらい点はあったが、刻也の言ってることはあながち間違いではない。

　中学時代、ある一件から人生に絶望して、なにもかもが嫌になって、ランクを落として入学した高校なんてすぐにでも辞めていいと自暴自棄になっていたはずなのに……気づけばこの一年、なんと皆勤賞である。

おかしい。

これじゃ俺がまるで、惚れた女ができたからって、ケロっと立ち直ったみたいじゃないか。

そもそも大して落ち込んでなかったみたいじゃないか。

いやー、違うんだけどなあ。梗概（こうがい）だけ説明しちゃうとすげえ単純なんだけど、本当はいろいろ深いドラマがあったんだけどなあ。

たとえば去年の文化祭とか――

「おっ。噂（うわさ）をすればなんとやら、だぜ」

刻也はそう言って、学食の出入り口の方を指す。

そこにいたのは、二人の見目麗（うるわ）しい三年生――

「おい、あれ……『四天王』の二人じゃね？」

「うおっ、マジだ。『黒ギャル』と『人妻』じゃん」

「すげえ。俺、初めて見た」

学食にいる生徒達の一部が騒ぎだす。おそらく今年入学した一年生だと思われる。噂の美少女を肉眼で確認できたことに、興奮と感動を覚えているようだ。

二人の美少女はというと、周囲からの羨望（せんぼう）の眼差（まなざ）しなど気にも留めず、食券を購入して配膳口の列に並んでいた。

『美少女四天王』

『黒ギャル』――右京杏。

二つ名そのままの、色黒でギャルっぽい美少女だ。金色の目映い髪と褐色の肌。顔にはばっちりとメイクを決め、制服はだいぶルーズな着こなし。

うちの高校は一応、進学校となっているが、校則自体はだいぶ緩いことで有名。髪を染めるのも制服を着崩すのも、よほど行きすぎない限りは注意されない。

この自由な校風がウリらしく、県内では人気の高い高校だ。もっとも……俺のような陰キャには致命的に合わないため、第一志望ではなかったわけだが。

閑話休題。

とにかく校則が緩いため、あんな風に『ザ・ギャル』という出で立ちでいようとも、教職員から指導されることはない。

そんな『黒ギャル』と一緒に仲良く列に並んでいるのは――

同じく『四天王』の一人、『人妻』――白森霞だった。

両者とも美少女だが、タイプはかなり違う。片方はギャルっぽさ全開で、片方は温和で落ち着いた雰囲気を纏う。

『四天王』は、全員がそれぞれ特徴的で異なった美貌を持つ少女達の集まりだが、彼女達四人は大変仲がよく、よく一緒に行動している。

いや、逆か。

仲がよくて一緒に行動することが多いから、周囲から『美少女四天王』なんていう、頭の悪い名称で呼ばれ出したのか――

「――にしても珍しいな。霞が弁当忘れるなんてよ」

『黒ギャル』こと右京先輩が、気の強そうな声で言う。配膳口からここまでは距離があったが、声が大きいためギリギリ聞き取れた。

「いやー、今日はちょっと寝坊しちゃってね。作ってる時間なかったんだ」

「ふうん。また小難しい本でも読んでたのか？」

「んー、まあ、ちょっといろいろね。でもたまにはこういうのもいいよ。おかげで杏ちゃんと一緒に学食ランチできるわけだしぃー」

「ほほう。かわいいこと言うじゃねえか。褒美(ほうび)にあたしにランチを奢(おご)るという名誉を与えてやってもいいぞ」

「あはは。ずぇーったい、やだ」

かなり近い距離感で、楽しげに会話する二人。美少女二人がイチャイチャしている様は……うん。なんていうか、見ているだけで少し幸せな気持ちになる。

俺がぼんやりとそんなことを考えていると、

「……あっ」

ふと、白森先輩と目が合った。

彼女は――にこりと笑って、軽く手を振ってくれた。

なんてことはない。

ごく普通のことだ。

今までだって白森先輩は、学校内で俺を見かけたら声をかけたり手を振ったりしてくれた。

俺の方は『俺みたいな地味で冴えない奴が白森先輩と仲良くしてたら、周囲から変な感情を向けられてしまうんじゃないか』などと自意識過剰に考えてしまうのだが、彼女はそんなもんはお構いなしに、みんなの前だろうと俺と普通に接してくれた。

彼女にとっては、普段通りの行動。

それなのに――

「総吉……お前、なんで隠れてんだよ?」

「い、いいから匿(かくま)ってくれっ」

「なにからだよ?」

俺は咄嗟(とっさ)に、刻也のデカい図体(ずうたい)に隠れてしまった。なんでこんな行動をしてしまったのか、自分でもわからない。

ただ――見ていられなかったのだ。

あの綺麗(きれい)な人が自分の彼女なんだと思ったら……胸がいっぱいになって頭が真っ白になって、どうしようもなくなってしまった。

「……おい総吉。お前が無視したせいで、白森先輩、『手を振ったんじゃなくて、虫を払ってただけですが、なにか？』みたいな小芝居が始まったぞ」

思いのほか迷惑をかけてるっぽかった。

そりゃそうだ。

手を振ったのに相手が無視して隠れたんだから。

ああ、クソ。

なにやってんだ、俺？

なんでこんなことになっちまってんだよ？

「くくっ。前途多難だな、おい」

皮肉げに笑い、刻也は背中越しに肘で小突いてきた。

●

付き合うという行為は、もっとすごいことだと思っていた。

もっとドラマチックでファンタジックなスペクタクルだと思っていた。

もっともっと衝撃的で劇的だと思っていた——ショーや劇のようにエンターテインメントじみていると思っていた。

たとえばあらゆるラブコメ作品にとって、『付き合う』『交際する』『カップルになる』という出来事は……なんというか、一つのゴールであると思う。

物語としてのゴールであり、言ってしまえばエンディングだ。

○○エンド、というやつだ。

主人公とヒロインが出会い、様々なイベントを経て、そして最後に結ばれるというのが、ラブコメの王道みたいんだものだろう。付き合うことは話のゴールであり、壮大なクライマックスであるべきなのだ。

だから現実でもきっと、付き合うという行為は、人生の一大イベントだと思っていた。

ゆえに――今の状況にまるで対応できない。

劇的な告白も衝撃的なドラマもないまま……言葉の弾みのような形でヌルッと付き合い始めてしまったようなシチュエーションに、心も頭もまるでついていけない――

「あっ。来た来た」

放課後。

部室の戸を開くと、すでに白森先輩は中にいた。

パイプ椅子に座って本を読んでいた彼女は、俺を見つけると本を閉じ、立ち上がってこっちの方まで歩いてきた。

「今日は、もしかしたら来ないかと思ってたよ。だって……シカトされちゃったからなあ、私」

「…………」

うぐぅ。

やっぱり根に持ってたか、昼のこと。

「黒矢くんが隠れたせいで、私、誰もいないところに笑顔で手を振った痛い奴みたいになっちゃったからなあ」

「…………」

「あーあ。手を振ったのに無視されるなんて、私、相当嫌われてるんだろうなあ」

「……ち、違うんですよ、あれは」

「うん。あれは？」

言葉尻を捉えつつ、顔を覗き込むようにしてくる。近い、近いって。

「あれは、なに？」

「……すみません」

「謝ってほしいんじゃなくて、理由を訊いてるんだけどな〜」

白森先輩は心底楽しげに尋ねてくる。俺がなにも言えずにいると、

「もしかして……照れちゃったの？」

答えを先回りされてしまった。

「私が彼女になったと思ったら、急に意識しちゃってまともに顔見られなかった、みたいな？」

「……っ」

図星もいいところだった。

しかし、それを認めるわけにはいかない。

「違います……。周囲を気遣ったんです。俺みたいなのが先輩みたいな有名人と必要以上に仲良くして……大衆になにかを勘ぐられても面倒なので」

「大衆って。相変わらず自意識過剰だなあ、黒矢くんは。誰も私達のことなんて気にしてないよ」

「……俺は自意識過剰かもしれないけど、先輩は意識足りなすぎますよ」

誰も俺には興味がないだろうけど、先輩には興味がある奴が大勢いるだろう。

「ふーん。ま、なんでもいいけど。とりあえず黒矢くんは、照れて隠れちゃったってことね」

「ち、違いますってば！　勝手に事実を脚色しないでください！」

「はいはい」

俺の言い訳を軽く流した後、白森先輩はパイプ椅子へと戻った。

なんだか、ドッと疲れた気分だ。

彼女のからかいにはこの一年でだいぶ慣れたつもりだったが……お試しとは言えカップルになったことで、経験や耐性が全部リセットされた感じがある。なにもかもが必要以上に恥ずかしくて、なんつーか……照れてしまうのだ。

はあ。情けねえ。

深々と息を吐いた後、俺もまたパイプ椅子に座る。

白森先輩の正面——を外し、斜め前の席に。

「む……」

彼女は眉を顰めた後、すくりと立ち上がって椅子を移動した。

俺の正面の椅子に。

「……っ」

俺はすぐさま席を立ち上がり、違う椅子に座る。

しかし彼女もまた、すぐに立ち上がって俺を追いかけてきた。

その後三回ほど、同じようなことを繰り返す。

「な、なんで追いかけてくるんですか？」

「黒矢くんが逃げるからでしょ？　なんで正面座らないの？」

「……今日は座りたくない気分なんです。俺がどこ座ろうが俺の勝手でしょう？」

「じゃあ私がどこ座るかも私の勝手だよね？」

言い合いながら、さらに三回立ったり座ったりを繰り返したところで、

「……ぷっ。あははっ」

噴き出すように白森先輩が笑った。

俺はちっとも面白くない。

こっちは必死だというのに。

「なんだかさ……一年前に戻ったみたいだね。ねえ覚えてる？　会ったばかりの頃、黒矢くん、全然正面に座ってくれなかったよね」

「そ、それは……」

もちろん覚えてる。

この同好会に入ってしばらくの間、俺は先輩の正面には座らず、斜め前の席に座ってばかりだった。

理由……なんて大したものはない。

恥ずかしかったから。

それだけだ。

元から俺は、二人で四人がけ以上のテーブルに着座するときは正面を外すタイプ。その相手が美人の先輩となれば……正面に座ることはかなり難易度が高い。

「ねえ黒矢くん……気づいてる？」

懐（なつ）かしむような声で言いながら、白森先輩は席を立ち、本棚の一番下からリバーシのセットを持ち出してきた。

「私が、黒矢くんとリバーシで遊ぼうって提案した理由」

「理由……？」

俺達がリバーシをやりだしたのは、確か出会ってから二週間ほどが経過した頃だった。白森先輩が家から持ってきて、『一緒にやろう』と言ってきた。

以来、なんだかんだ二人で遊ぶ機会が多くなっている。

「そんなの、自分の得意分野で俺にマウント取りたかっただけじゃ……」

「……へえ。そんな風に思ってたんだ」

「あっ。いや、その」

「まあ、それもあるんだけど」

あるんじゃねえかよ。

じゃあなんで一瞬、心外そうな顔したよ？

罪悪感覚えて損したわ。

「私が元々リバーシが好きだってのもあったんだけど、一番は――」

白黒の石を両端に備えた緑の盤が、テーブルに置かれる。

「――黒矢くんに、正面に座って欲しかったから」

白森先輩は言った。

「……そんな理由だったんですか？」

「うん、そんな理由。これで遊ぶなら、嫌でも正面に座らなきゃだからね－」

悪戯っぽい声で語られたのは、今更の真実だった。

──やっと前向いてくれたね。

ふと、思い出す。

一年前。

リバーシをやろう誘われ、断り切れずに勝負を受けた俺が仕方なく正面に座ると、彼女は待ちくたびれたとばかりに、そう言ったのだ。

当時は理解できなかった言葉の意味が──一年越しにようやく理解できた。

「というわけで、原点に返るつもりで一局打とうか」

真ん中に四つの石を並べつつ、彼女は言った。

ここまでお膳立てされてしまえば、もはや断れる空気ではない。

俺は観念して、彼女の正面のパイプ椅子に腰を下ろした。

ぎこちない動きで顔を上げて正面を見ると──彼女は両手で頰杖(ほおづえ)を突いて、とても楽しそうにこっちを見ていた。俺が顔を向けるのを待ち構えていたらしい。

「ふふっ。やっほー。どう？　正面から見る私は？」

「……っ！」

ああ、くそ。

なんなんだろうなあ、もう。

ムカつくぐらいかわいい顔しやがって……！

「……とっとと始めましょ」

「はいはーい」

じゃんけんで先攻後攻の順番を決める。

俺が勝ったので、黒の石を一つ置く。

正式なルールの場合は黒が先行らしいが、俺達が遊ぶ場合、先攻後攻にかかわらず、互いに名前にちなんだ色の方を使うことが暗黙のルールとなっていた。

「ねえ黒矢くん」

石を置きながら、白森先輩は言う。

「私と付き合うの……そんなに恥ずかしい？」

「なっ」

「照れちゃう？」

「うぐっ」

「緊張する？」

「くっ……がっ……な、なにを言ってるんでしょうか？　別に俺は、そんな……」

「だって黒矢くん、明らかに様子がおかしいし」

呆れる、というよりは、純粋に不思議がっている様子だった。

「……俺みたいな奴にとって、彼女ができるってのは、これまでの価値観全部ひっくり返って今後の人生が左右されるレベルの一大事なんですよ」

美学と哲学を持った陰キャ。陽キャに嫉妬せず、陽キャを誹謗せず、周囲に求めるのは静寂と無関心――そんなキャラで生きてきたつもりだったが、なんかもう一瞬で崩壊した気がする。

価値観もキャラも、全部ひっくり返って崩壊した。

この、恋愛という大変非合理なゲームのせいで――

「ふぅーん」

「先輩は平気そうですけど」

「む……。そんなことないよ。私だって結構緊張してるし、照れてるよ」

そうだろうか。

とてもそうは見えないけれど。

白森先輩はいつも通りで――なんだかいつも以上に楽しげに俺をからかってきていて、俺一人が舞い上がってテンパってるような、そんな虚しさを感じずにはいられない。

「し、白森先輩っ」

俺は言う。

意を決して、言う。

「先輩は……な、なんで俺と付き合ってくれたんですか？」

「うん？」

「いや、だから、その……先輩も、俺のこと……す、す、好きってことで、いいんですよね？」

勇気を捻り出して告げた質問は――むしろ勇気とは真逆の、不安や怯えから飛び出した質問だったのかもしれない。

つーか……シンプルにダサい。

うわ。なに言ってんだ、俺？

彼氏が彼女に、自分を好きかどうかを確認するって。不安丸出し。自分に自信がないのがモロバレ。情けないにもほどがある。

「……ん～～？」

心臓をバクバクさせながら返答を待つ俺だったが、白森先輩は顎に手を添えてわざとらしく悩むような仕草を見せた後に、

「教えな～い」

と、言った。とびっきりの意地悪な笑顔を浮べて。

「なっ……ど、どうしてですか」

「えー？　だってぇ……」

彼女は言う。

「困ってる黒矢くんがかわいいんだもん」

「――っ!?」

畜生……！

なんなんだよ、この人はもう〜〜〜っ⁉

「ふふふっ。あっ、そうだ。じゃあ、こうしよっか」

言いつつ、彼女は盤面を見下ろす。

まだ互いに三石ほどしか置いてなくて、戦況的には序盤も序盤。

「この勝負で黒矢くんが勝ったら、教えてあげよう」

「ほ、ほんとですか？」

「うん、ほんと」

「……わかりました」

ながらで進めていた盤面に、俺は改めて没入する。

絶対に負けられない戦いが、今まさに始まった。


「やったーっ！　私の勝ち！」

「……畜生っ！」

全力で勝ちにいった勝負だったが、結果は俺の敗北。

絶対に負けられない戦いなのに、普通に負けてしまった……。

「ふっふっふ。残念だったね、黒矢くん。といっても、なんかほとんどそっちの自滅みたいな感じだったけれど」

「くっ……」

敗因は──負けられないというプレッシャーだろう。

意気込みすぎて気負いすぎて、本来の実力を発揮できなかった。

元々俺と白森先輩の実力は拮抗（きっこう）している。最近の勝率で言えば、六対四で向こうが勝ってるぐらい。そもそもの実力でやや負けているのだから、俺が調子を崩せば負けて当たり前だ。

「さーて。じゃあ黒矢くん、罰ゲームね」

「えっ……な、なんですか、それ？　聞いてないですよ」

「言ってないからね。でも普通に考えたらそうじゃない？　そっちばっかりに特典がある勝負なんてフェアじゃないし」

「そ、それは……」

「ふふふっ。なにしてもらおうかな～？」

実に楽しげに考え込む白森先輩。

俺は、裁判官の決定を待つ被告の心境だった。

やがて判決が下される。

「きーめたっ。黒矢くんは、私に十回『好き』って言うこと」

「は、はあっ⁉」

「ダメ？」

「ダ、ダメに決まってるでしょ、そんなの！」

「簡単でしょ？　普段から思ってること言えばいいだけだし」

「ふ、普段から思っ……～～っ！」

「全然大した罰じゃないと思うけどなあ。彼氏が彼女に『好き』って言うだけの話だもん」

「……お、俺はそういう風に言葉を安売りすることを是としない主義なんです。普段から軽々しくその手の言葉を口にしていると、いざってときの重みが――」

「ダメダメ。言い訳してもダメですぅ」

「……っ」

「さあ、頑張って言ってみよ～。ちゃんとできたら、ご褒美あげちゃうから」

「ご、ご褒美……」

天使が告げる悪魔の提案を前にして、特大の葛藤が俺を襲う。

「……わ、わかりました」

十秒ほど死ぬほど悩んだ末に、俺は言った。

深呼吸を繰り返し、鼓動をどうにか落ち着かせて、

「…………好き」

俯きながらボソッと、かなりの小声で言った。

俺としてはこれでも十分頑張ったつもりだったのだけれど、

「ダメダメ。ちゃんとこっち向いて言ってよ」

判定はかなり厳しかった。

「い、いいでしょ。どこ見て言おうが、別に……」

「ダメ」

白森先輩は言う。

口元は笑っていたけれど、その目は真剣そのもので、そして少し不安に震えているようにも見えた。

「ちゃんと目を見て言ってほしいの」

「…………」

もはや俺に、選択肢はなかった。

彼女に——世界で一番大好きな相手からそう求められてしまえば、応えないわけにはいかなかった。

ゆっくりと顔を上げる。

白森先輩はジッと俺のことを見つめていて、そんな彼女とバチッと目が合ってしまう。反射的に目を逸らしてしまいそうになったけれど、必死に耐えて目を合わせ続けた。

「……す、好き」

あらん限りの勇気を振り絞って、俺は言った。

視線は外さない。

まっすぐ見つめ合う。

彼女は俺を見ている——それは同時に、俺が彼女を見ているということだった。

互いの瞳に互いが写り、俺達二人が見つめ合っているということだった。

「好き、好き、好き」

たったの二文字、されど特別な二文字。

この単語を一度口にするたびに、脳が少しずつ溶けていくような気がした。普段幾重にも鎧を纏って厳重に守っている心が、だんだんと剝き出しにされていく。

「好き、好き、好き」

放課後——

夕暮れの差し込む部室には、俺と彼女が二人きり。

男と女が熱心に見つめ合いながら、男の方だけ何度も何度も愛を語っている。

もはやわけがわからない。

なにがなんなのかわからない。

どこか夢見心地な気分となってしまう。

音も背景もなにもかもが遠ざかり、世界にいるのが、俺と彼女の二人きりになってしまったような――

それなのに心臓の音だけはやけにうるさくて、声には熱が籠もっていく。

「好き、好き、好き……い、言いましたよっ」

十回言い終えた瞬間、一気に頭が冷静になり、意識を現実に引き戻されたような気がした。

「……いやー、これは……ヤバいね」

白森先輩は両手で口元を押さえ、震えた声で言った。

頬は赤く染まり、体を捩って悶えている。

「うん、ヤバい……こんな恥ずかしいこと、よくできたね、黒矢くん」

「なっ！　せ、先輩がやれって言ったんでしょ！」

「あはは。そうでした。うん、ありがとうございます。堪能させていただきました」

冗談めかして告げた後、白森先輩は立ち上がり、リバーシを棚の元の位置に片付けていく。

それから自分の鞄を手に取り、

「じゃ、今日はそろそろ帰ろっか」

と言った。

「えっ……あ、あの、ご、ご褒美は？」

「んー？」

「ちゃんと言えたら、ご褒美くれるって……」

「あれー……そんなこと言ったっけかなー？」

空とぼける彼女に、俺は絶望するしかなかった。

クソっ、やられた。またからかわれた。

最悪だ……。

主導権を握られてばかりで、なにもかもが相手の手のひらの上。

これが――惚れた弱みというものなのか。

恋愛ゲームで敗北した恋愛弱者が受けるべき屈辱なのか――

「……そんなにがっかりしなくても、大丈夫なのに」

惨(みじ)めさに打ちひしがれ、座ったまま項垂(うなだ)れていた俺に、白森先輩が静かに近づいてきた。

そして耳元に口を寄せて――言う。

「私も大好きだよ、黒矢くん」

「～～～～っ!?」

脳と心を、一瞬でやられた。

甘く蕩(とろ)けるような声、耳にかかる熱い吐息、肩に軽く置かれた手から伝わってくる体温……

そのどれもが一撃必殺の破壊力を誇り、俺を全力で殺しに来る。

完全なるオーバーキル。

身も心も、一瞬で彼女色に染め上げられてしまう――

「なっ、なっ……」

「ふふっ。これがご褒美でしたー。どう？　嬉しい？」

「……っ」

「あはは。じゃ、早く帰ろうね。私、先行ってるよ！」

言うや否や、彼女は部室から去って行く。

俺は……立ち上がることができない。腰が抜けてしまったようだった。ずるずると体が前に倒れていき、テーブルに突っ伏してしまう。

「……あああ、うあああ……」

声にならない声が口から飛び出していく。

無理だ。

わけがわからない。どうしたらいいかわからない。胸を埋め尽くすこの感情が、屈辱なのか幸福なのかもわからない。

彼女の声と言葉と吐息が、耳に張り付いて離れてくれない――

「大好き、か……」

簡単に言ってくれる。

俺は死ぬような思いで『好き』と口にして、彼女はいとも容易く『大好き』と言って、こんなにも俺の心をグチャグチャにしてしまう。

「敵わねえなあ、畜生……」

●

白森先輩は電車通学で、俺は自転車通学。

同好会の活動後は、二人で駐輪場まで一緒に行くのがいつもの流れだった。

二人で一緒に校内を歩いていればなにかと噂になる可能性もあると危惧していたのだけれど……幸か不幸か、あまり噂にはなっていない。

たぶん、一緒に歩いていても付き合ってるようには見えないからだろう。

『白森霞が誰か男と歩いてる……ああ、同好会の後輩か。彼女は面倒見がいいから、あんな冴えない陰キャとも仲良くしてやってんだろう』

とか。

周囲からはそんな風に認識されているのだと予想される。

まあ、もう慣れたものだ。周囲からどう思われようがどうでもいい。どうせ誰も俺には興味

ないのだから、こっちはこっちで好きにやろう……というある種悟りの境地に入っていたはずだったのだが。

実際に交際を始めてしまったせいで、またもや経験値がリセットされた感がある。周囲の視線が気になって仕方がない。普通にしようと思うほど、普通がわからなくなる。あれ？　俺普段、どんな風に白森先輩と歩いてたっけ？　少し前を歩いてたっけ？　少し後ろを歩いてたっけ？　真横だっけ？

「そういえばさあ」

駐輪場に着いた辺りで、白森先輩が口を開いた。

自分を見失う寸前の俺など気にも留めず、どこか感傷めいた声で告げる。

「黒矢くんって、本読むの速いよね」

「え……なんですか、いきなり？」

「ううん。ただなんとなく思ってさ。黒矢くんって、私が貸した本、いっつもすぐ読んでくれるでしょ？　貸した次の日にはもう読み終わってて、感想とか言ってくれる。出会った頃から、ずっと……」

「……まあ、借りた本はできる限り早く読んで持ち主に返す主義なんで」

「もしかしてさ」

白森先輩は言う。

こちらの顔を覗き込むようにしながら、からかうような笑みで。

「私の気を引こうとしてたの？」

「なっ……」

「ちょっとでも早く読んだら、私の好感度が上がると思ってた？」

「……違います。勘違いしないでください。俺は元々そういう主義なだけです。誰から借りた本だって、俺は一日で読んで返します」

溜息交じりに言いつつ、俺は自分の自転車を解錠する。

「まったく、自意識過剰もいいところですよ。そりゃまあ確かに俺は、白森先輩に……その、なんつーか、以前から好意的な感情は抱いてましたけど、でもだからって俺の世界が全部あなた中心に回ってたわけじゃ――」

「……そっか」

そこで彼女は、寂しそうな顔をした。

笑ってはいるけれど、その表情には自嘲と落胆の色が強く滲む。

「あはは……恥ずかしいね。私、ちょっと勘違いしちゃってたよ」

「白森先輩……」

「私ね、結構嬉しかったんだよ？　黒矢くんが、貸した本をすぐ読んできてくれるの。私が面白いって思った本を、すぐに読んできてくれて、一緒に面白いって言ってくれるの。本好きにとって、こんなに嬉しいことはないからさ」

その気持ちは——痛いぐらいによくわかった。

貸した本を、布教した本を、相手にすぐ読んでもらえる。

これほど嬉しいことはない。

だって——結構な割合で、読んでもらえないことが多いから。

「黒矢くんも本を大事にする人だから、そういうのしっかりしてるとは思ってたけど……でも、もしかしたら私への気持ちも、ちょっとは関係してるかな、って期待しちゃう部分もあって……。そうだったら嬉しいなって思ってたんだけど……あはは。ごめん、ちょっと思い上がってたみたい」

「…………」

「じゃあ……帰るね。ばいばい」

「ま、待ってください！」

今にも泣き出しそうな顔で去ろうとする彼女が見ていられなくて、俺は慌てて声をかけた。

白森先輩は足を止めたが、こちらを振り返ることはない。

「す、すみません……嘘、つきました。本当は……白森先輩の言う通りです」

彼女の背に向けて、絞り出すように本音を述べる。

「主義とか……本当はないです。そもそも友達少ないんで、あんまり本の貸し借りとかしないし……。早く読んだのは、先輩から借りた本だからで……他(ほか)の積み本があっても優先して……その、なんつーか……俺には、そのぐらいしか先輩の気を引く方法が思いつかなくて……」

憧(あこが)れの先輩と本の貸し借りができる。

俺みたいな奴にとっては——それだけで至福だった。

嬉しすぎるから自然と早めに読んでしまったけれど……正直、打算もあった。

本好きにとって、薦(すす)めた本を早く読んでもらえることはとても嬉しい。

だから少しでも早く読めば、先輩の俺への好感度がちょっと上がるんじゃないかと、そんな淡い期待を抱いていた。

かなり回りくどいアピールだと、自分で思う。

直接思いを伝えることもできないヘタレの、あまりに迂遠(うえん)な恋愛戦略——

「だから、その……先輩が言ったことは、割と的を射ていたというか……」

「——へえー」

言葉の途中で突如、白森先輩は弾んだ声を上げて振り返る。

「やーっぱりそうだったんだっ」

これでもかってほどの、とびっきりの笑顔。

獲物が罠(わな)にかかったことを喜ぶような、得意げな満面の笑み。

「そっかそっか。やっぱり黒矢くんは、私の気を引きたくて必死だったのかー」

「……えっ、な……」

「ふふっ。ほんとかわいいなあ、黒矢くんは」

「……っ!? だ、騙したんですか!?」

「騙したなんで人聞きが悪い。ちょーっと悲しそうな顔を作っただけだよ？」

「それを騙したって言うんですよ！」

「黒矢くんが最初に嘘つくからでしょ。素直に認めればいいのに、変に格好つけちゃってさ」

「……っ！」

やられた。

まんまと引っかかってしまった。

寂しげな自嘲に引きずられて、恥ずかしい本音を全部しゃべってしまった。

「気をつけなきゃダメだよー、黒矢くん。女なんてみんな詐欺師なんだから。この程度で騙されちゃうなんて、まだまだ修行が足りないぞ？」

「……か、帰ります！」

指先で頬を突いてこようとする先輩から逃げるように距離を取り、俺は自転車に跨がった。大急ぎでこぎ出す。

これ以上醜態を晒す前に、速攻で逃げる。

背中には、楽しげな笑い声と共に声がかかった。

「また明日ねー、黒矢くん」

「――っ⁉　……～～っ⁉　……はい、また明日！」

怒ってるはずなのに、悔しいはずなのに、屈辱なはずなのに、ここで「また明日」と言ってしまう俺は、つくづく恋愛敗者なのだった。

○

一年前ぐらいの話。

学年が一つ上がって二年生になり、自分が代表を務める同好会に期待の新メンバーが入ってから、一ヵ月程度が経過した頃――

「あー、ごめん、白森さん。まだ読み終わってないの」

放課後の教室。

本を貸しているクラスの友人に、それとなーく返本の催促(さいそく)を伝えてみると、返ってきたのはそんな答えだった。

「そっか。ううん、いいのいいの。ちょっと確認しただけだから」

貸したの二週間も前なんだけどなあ――とか。

そんな本音は表情には出さず、人当たりのいい笑顔を作っておいた。

彼女とは——正直、そこまで親しいわけではない。

二年からクラスが一緒になり、席が近かったから初めておしゃべりして、話の流れでいつの間にか本を貸すことになってしまった。いやあなたとはまだ本を貸し借りするほどの親密度じゃないと思うんですが……とモヤモヤした気持ちになったけれど、空気を読んで貸してあげた。

その後——二週間音沙汰なし。

「白森さん、ほんとごめんねー。最近、ちょっと忙しくてさ」

確かに忙しそうだよね。カラオケ行ったり、オシャレなカフェ行ったり、放課後先生に怒られるまで教室でしゃべってたり。さっき他の人と話してたの全部聞こえてたんだけどねー。

モヤモヤは加速するけれど……態度には出さない。

「ううん、全然いいよ。のんびりでいいから」

読まないなら読まないでいいから早く返してよ……なんて本音は隠したまま、空気を読んで当たり障りのないことを言っておく。

本のことぐらいでムキになったら、空気が壊れてしまうから。

コミュ力——コミュニケーション能力。

この世で生きていく上でなにかと重要となるその能力が、どうやら私は人より少し高いらしかった。自慢でもなんでもなく、客観的にそう思う。

社交的。

空気が読める。

人当たりがいい。

昔からよくそんな風に言われるし、自分でもなんとなくそう思う。

初対面の相手だろうとそれなりに仲良くできるし、初めてのコミュニティーでもすぐに馴染める。昔から背が高くて大人びた外見をしているせいか、小学生時代からずっと、クラスではいつも『頼れるお姉さん』みたいな立ち位置。

相手と会話していると、相手の求めてる答えや、言ってほしい言葉をなんとなく察することができる。「ああ、この人、悩みを解決してほしいわけじゃなくて、ただ共感してほしいだけだ」とか、そんな感じに。

だから私は――空気を読む。

当たり障りのないように。

波風を立てないように。

人懐こい笑顔とキャラで場を取り持つ。

その場その場のシチュエーションで求められている受け答えをすれば、コミュニティーは円滑に機能するし、私の好感度も上がる。

空気を読むという行為は極論――その場で求められている『自分』を演じることだと思う。相手にとって都合のいい『自分』を、状況に応じて割り振られた配役を、分相応に演じること。

別に――演じることが苦痛なわけではない。

みんなが笑顔になってくれれば嬉しいし、空気を壊してまで主張したい自己なんて、私にはない。親しい友達といるのは楽しいし、そこまで親しくない相手とだって、適当適度に笑い合えるならそれが一番。

相手から好きになってもらえる『自分』を演じることを、悪いことだとは思わない。

ただ。

時折――どうしようもない虚しさに苛まれる瞬間がある。

一生懸命空気を読んで、その場で求められている自分を演じて、「あっ。この状況なら白森霞というキャラクターはちょっとコミカルなこと言って周囲を盛り上げなきゃ」みたいな使命感に突き動かされて――そんなことを繰り返していると、大勢でいるのに孤独感を覚えてしまう。

たまに疲れてしまう時がある。

みんなの中で空気を読むより、一人で本を読んでいたくなる時がある――

「――あっ。霞ちゃんっ」

昇降口に向かって廊下を歩いていると、知り合いの女の子から声をかけられた。

「みっちゃん。どうしたの?」

去年クラスで一緒だった子である。グループは違うから一緒に遊んだりというのは少なかったけれど、まあ普通に仲良くしていた。

「霞ちゃん、今日これから予定ある？」

「えっと、今日はまっすぐ家に帰って本読むつもりだったけど」

「よかった！　じゃあ、これから一緒にカラオケ行かない？」

「……………」

「クラスの子と一緒に行く流れになっちゃったんだけど、なんかあんまり仲いい子いなくてさ……霞ちゃんがいてくれたら嬉しいなあって思って。霞ちゃんなら、知らない子多くても平気でしょ？」

「…………………」

あれー？

私、予定あるんだけど。まっすぐ家に帰って本を読むという、大事な大事な予定があるんだけど。そのこと、きちんと伝えたつもりだったんだけど。

なぜ『本を読む＝暇』と思われちゃうんでしょうか？

はあ……。

でもまあ、しょうがないのかなあ。

小説や漫画を『時間潰しのために読むもの』と捉えている人間と、小説や漫画のために『時間を作る』人間とでは、永劫にわかり合えない深い溝がある。

世の中の空気的に……他人からの誘いを『今日は本を読みたいから』という理由で断るのは、なんとなくNGな気がする。本音でそう言ったとしても『え？　なんで回りくどい断り方するの？　行きたくないなら行きたくないってはっきり断ってよ』とか思われる可能性が大。

いつでもどこでも自分の好きなタイミングで読めるという読書のメリットは、こういう場合では翻ってデメリットとなる。『いつでも読めるんだから、今日じゃなくてもいいよね』と相手に思われがち。

いや、私は今日読みたいんだけど。

読書にも気持ちの持っていき方とかがあるんだけど。

「よかったぁ。霞ちゃんが来てくれるなら、心強いよ」

安心したように微笑むみっちゃん。

どうやらもう断れる空気ではないらしい。仕方がない。たぶん私の方が変わってるんだから、ここは譲歩しよう。友達の誘いより読みたい本を優先するなんて、世間的に言えばきっと悪いことなんだから。

いつも通り空気を読み、笑顔を作って誘いを快諾しようとした――瞬間。

「――白森先輩」

と、私を呼ぶ声。

振り返ると、そこに立っていたのは一つ下の後輩にして、我が文芸同好会の栄えある副代表——黒矢総吉くんだった。

「お話中すみません。ちょっといいですか？」

「黒矢くん、どうしたの？」

「実は……同好会のことで、横溝先生に呼ばれまして」

横溝先生というのは、文芸同好会の顧問となっている先生のことだ。まあ顧問と言っても、同好会の顧問なんてほとんど名前貸しみたいなものだから、用事があるとき以外はまず顔を出さないんだけど。

「あっ。そうだったんだ。わざわざありがとね」

「先輩も連れてくるように言われてたんですけど、大丈夫ですか？」

黒矢くんにお礼を言った後、私はみっちゃんの方へ向き直って手を合わせる。

「ごめん、みっちゃん。ちょっと用事入っちゃったみたい」

「あー……そうみたいだねー。わかった。じゃあ、また今度誘うね」

「うん、また今度ねー」

別れを告げると、みっちゃんは手を振りながら去って行った。

「……でも珍しいなあ。横溝先生が同好会のことで私を呼び出すなんて。ねえ黒矢くん。横溝先生、なんの用事って言ってた？」

問いかけると、黒矢くんは目を逸らした。

頭をかきながら、

「……すみません、嘘です」

と気まずそうに告げた。

「え……え？　う、嘘？」

「はい。全部嘘です。横溝先生には呼ばれてないです」

「な、なんでそんな嘘を……？」

「それは、その——白森先輩、もしかしたらカラオケ行きたくないのかなあ、と思って」

「………」

私は驚きのあまり、きょとんとして言葉を失ってしまう。

「すみません。ちょっと話聞こえちゃったんで」

「……私、顔に出てた？　行きたくないオーラ出てた？」

「いえ、普通に楽しそうでしたけど……ただ」

黒矢くんは言う。

「本読みたいっつったからって暇人扱いされるのは、俺だったらすげえ腹立つなあ、と思って」

「………」

「暇だから読んでるわけじゃなくて、読みたいから読んでるのに。暇作ってでも読みたいもんがあるから読んでるのに……それなのに、『本はいつでも読めるでしょ?』と言わんばかりに一方的に向こうの都合をぶち込まれるのは、本当に業腹な気分になりますよね。せめて『予定があったのに、こっちの都合に付き合わせてごめんね』の一言が欲しいというか——」

「………」

「……いや、あの……ていうか、勝手なことしてすみません。もし、カラオケ行きたいんだったら、今からでも向かってもらって——」

「……ううん」

　私が無言だったせいか、黒矢くんは焦ったように謝罪をしてきたけれど、私は小さく首を振った。

「きみの読み通り、実はあんまり行きたくなかったのでした」

「……だったらよかったです」

　黒矢くんはホッと安堵の息を吐いた。

「みっちゃんにはちょーっと申し訳なかったけどね。騙したみたいになっちゃったから」

「それは……まあ、すみませんとしか」

「あははっ。そうだね、心の中で謝っとくよ」

　困った顔となる黒矢くんを見てると、つい笑みが零れてしまった。

「えっと……あっ。そうだ。白森先輩、これ」

しばし話題を探すような沈黙があった後、黒矢くんは鞄に手を入れて、中から一冊の文庫本を取り出した。

それは、私が貸してあげた本だった。

貸したのは——昨日の放課後。

「読み終わったんで返します」

「え。も、もう読み終わったの？」

今回貸した本は、文庫本だけど五百ページを越える大作。

一週間ぐらいはかかるかなと思ってたのに、まさかの翌日返却とは。

「すごいね、黒矢くん。読むの速いんだね」

「……別に」

黒矢くんは素っ気なく言う。

「俺、借りた本はできるだけ早く読む主義なんで」

○

なんとなく一年前のことを思い出しながら、私は遠ざかっていく自転車と背中を見つめていた。

「……ふふっ」

思わず、笑みが零れてしまう。

そっかそっか。

やっぱり黒矢くんは、私が貸した本だから早く読んでくれたのか。

あの頃からずーっと、私のこと想ってくれてたんだ。

それなのに照れ隠しで、『借りた本は早く読む主義』とか言っちゃって。

クールな雰囲気を出して、ぶっきらぼうに振る舞っちゃって――

「…………」

両手で頬を押さえる。

おっと。まずいまずい。顔がどうしてもにやけてしまう。手で押さえてないと、一人で笑っている不審者になってしまいそう。

作り笑顔は得意な私だけど――逆はちょっと苦手。

幸せすぎてつい浮かんでしまう笑顔を抑えるのは、なかなか難しい。

「――そのぐらいしか気を引く方法を思いつかなかった、かぁ……」

彼の言葉を思い出す。

あまりに自己評価が低く、謙遜した言葉を――

「……わかってないなあ、黒矢くんは」

まるでわかってない。

なんにもわかっていない。

きみがどれだけ、私の心をかき乱して、ドロドロに溶かしているのかを——

第二章　純情チュートリアル

クラスで孤立してる奴（やつ）が休み時間に取る行動と言えば、大体三つに分類されるだろう。

『勉強、または読書をする』

『寝たフリをする』

『どこかに出かける』

今日の俺（おれ）は、三つ目のパターンを選んだ。

二時間目の休み時間。

教室を出てから、特に目的もなく廊下を歩き、これといった意図もなく階段を下りていくと、昇降口で靴を履き替えている下倉刻也（しもくらときや）を発見した。

あくびを噛（か）み殺しながら歩いてくる刻也は、俺に気づくと、

「よう」

と軽く手を上げた。

「おす。なんだよ刻也、重役出勤だな」

「寝坊した。メグミさん、俺を起こさねえで会社行っちまったから」

「……また女のところ泊まったのか」

家には帰らず、女の家から直接登校してきたパターンらしい。

どうりでシャツがヨレヨレなわけだ。

「ん……あれ？　メグミさん？　サトミさんじゃ……？」

「サトミさんとはもう終わったよ。メグミさんは昨日初めて会った人。付き合うかどうかは知らん」

「……そうか」

相変わらず、俺とは次元の違う世界を生きているようだ。

初対面の社会人女性とその日のうちにベッドインとか、どんな高校生だよ。

俺とは真逆のベクトルで、進学校じゃ浮きまくってるタイプの男子だ。

「なんだよ、うんざりした顔しやがって」

「別に。人生を楽しんでそうでなによりだと思っただけだよ」

「総吉（そうきち）の方こそ、ちゃんと楽しんでんのか？」

「なにをだよ」

「人生初の彼女を、だよ」

茶化すように続ける。

「どこまで進んだんだよ、憧（あこが）れの白森（しらもり）先輩とは」

「……進むわけねえだろ。一昨日付き合ったばっかだぞ」

「なんだよ、つまらねえな」

軽く肩をすくめる刻也。

「まあお前のことだから、当分はなんの進展もなさそうだけどな。お前の方から手を出すなんて、天地がひっくり返ってもなさそうだし」

「……バカにすんなよ」

言われっぱなしも尺だったので、言い返しておくことした。

「付き合ったからには、俺だっていつまでも受け身のままじゃいねえよ。ちゃんと俺の方が白森先輩をリードして、きっちり主導権を——」

「——私の話してる？」

「うわああっ!?」

仰天。

背後からの声に、変な声を上げて飛び退いてしまった。

「あはは、驚きすぎでしょ、黒矢くん」

振り返ると、白森先輩がけらけらと笑っていた。

「見かけたから声かけちゃった。やっほー、黒矢くん、それに下倉くん」

「どーも」

未だに心臓が騒いでる俺を無視して、刻也は平然と挨拶を返す。

「もしかして私のこと話してた？　なんか名前が聞こえた気がしたんだけど？」

「い、いえいえっ……してませんよ。全然、これっぽっちも……な、なあ、刻也？」

「くくっ。そうだな。全然してなかったわ」

焦りまくる俺に対し、刻也は笑いを堪えるようにしながら同意した。

それから、

「聞きましたよ、白森先輩。なんでも……こいつと付き合うことになったそうで」

と俺達の交際について触れた。

おっと。

これはもしや……まずいのか。

今になって気づいたが……断りもせずに俺達の関係を勝手に漏らしてしまった。もしかしたら気を悪くさせてしまったかも。

今更すぎる心配を始める俺だったが、

「ああ、聞いちゃったんだ」

白森先輩は特に気にした様子もなく、それどころかまんざらでもない様子だった。

「ふふっ。まあ……そうなんだよね。実はそういうことになっちゃいまして」

「おめでとうございます。総吉の友人代表として祝福しますよ」

「わあ、ありがとう」

「まあ——あんたが本気なら、ですけど」

刻也はそこで、口の端を吊り上げシニカルな笑みを浮かべた。

「え……？　どういう意味？」

本当に不思議そうに言う白森先輩に対し、刻也は一歩前に出る。

「総吉みたいな恋愛経験皆無の陰キャ童貞をからかうのなんて、あんたぐらいの美人なら簡単でしょうからね。もしあんたがこいつの純情を弄んでるだけなら——」

見下ろす目に一瞬鋭利な輝きが宿る。

しかしそれは、本当に一瞬のことだった。

刻也はすぐ、くしゃりと表情を歪めて笑う。

「——俺にはこっそり教えといてくださいね。どうせなら一緒にこいつをからかって遊びたいんで」

「なっ……。お、おい」

「……ぷっ。あはは。うん、わかった。そのときは真っ先に下倉くんに教えてあげるね」

「お願いします。んじゃ、俺はこれで」

刻也は軽く手を振って去って行く。

俺は二人からイジられた気分でなんとなく釈然としなかったが、

「……いい子だねえ、下倉くんって」

しみじみと、白森先輩が言った。

「いい子？」

「冗談っぽく言ってたけど、たぶん真剣に黒矢くんのこと心配してるんだと思うよ。だから私に、遠回しに釘を刺してきたんじゃないかな？　俺のダチを傷つけたら許さねえぞ、って」

「…………」

「いい友達を持ってるね、黒矢くん」

「……まあ」

曖昧に言葉を濁す。

認めてしまうのは、なんだか照れ臭かった。

「下倉くん、三年生の間でも結構話題になってるよ。連絡先を聞きにいった子も、クラスに何人もいた」

「あいつ、中学のときからすげえモテてますからね」

「モテるのもわかるなあ。格好いいもんね、下倉くん」

「……白森先輩も、刻也みたいな長身のイケメンは好きですか？」

無意識のうちに拗ねるような口調になってしまっていた。

そんな俺の反応を受けて、白森先輩は楽しげに口元を歪めた。

「ん～？　おやおや、嫉妬ですか、黒矢くん？」

「ぐっ……ち、違います。単なる興味本位で聞いてみただけです」

「ふふふ。この程度で嫉妬しちゃうなんて、黒矢くんはかわいいなあ」

「だから、違うって……」

俺の反論も虚しく、白森先輩は楽しげに笑ったままだった。

それから少し近づいてきて、耳元で告げる。

「心配しなくても……今の私はちゃんと黒矢くん一筋だよ？」

「～～っ⁉」

耳打ちの一言は、相変わらず殺傷力がえげつなかった。

「……ま、またそうやってからかってきて」

「からかってはないんだけどなあ。事実言ってるだけだもん」

言葉とは裏腹に、その口調はやはりからかい調子だった。


今は俺一筋。

この言葉に――おそらく嘘はないのだろう。

そう信じたいし、だから信じることにする。

自己評価の低さには定評がある俺だけれど——でも、自分が惚れた相手の言葉ぐらいは信用したい。

卑屈や自虐に逃げるのは簡単だが、それじゃ虚しいだけだし、なにより相手に失礼だ。

付き合ってまだ三日しか経っていないけれど、俺と白森先輩の交際は、冗談やドッキリなどではなく——本当の話なのだと思う。

まあ、しかし。

それならそれで、気になる部分はある。

スルーできない問題がある。

それは——お試し、という点だ。

『とりあえずお試しで付き合ってみる?』

白森先輩はそう言った。

では……お試しとはなんなのか?

普通の交際と、果たしてなにが違うのか。

どこまでがオッケーで、逆にどこからはNGなのか。

俺としては、そこら辺はどうしてもはっきりさせておきたい——

「いやいや、そこをはっきりさせるのはナシでしょ」

放課後、文芸部の部室にて、それとなく俺の意思と希望を伝えてみるも、白森先輩の反応は芳(かんば)しくなかった。

やや呆(あき)れた顔で、きっぱりと拒否してくる。

「なにがよくてなにがダメとか……それをルールにして明文化しちゃったら絶対つまらないよ」

「つまらない、ですか」

「つまらない。ぜーったいつまらない」

「……いやでも、ある程度線引きしてもらわないと、こっちとしては気が気じゃないというか」

「じゃあ逆に訊(き)くけどさ」

白森先輩は言う。

「今ここで——本当に決めちゃっていいの？」

「え……」

「今ここではっきりと、明確にルール決めちゃっていいの？　『お試しカップルだから、ここまではオッケーだけど、ここからは禁止』とかって」

「…………」

「そんなことしたらすっごくつまんないと思わない？　なんていうか、恋愛の駆け引きとか心理戦とか、あとはノリとかフィーリングとか……そういうカップルの醍醐味(だいごみ)みたいなものが激減すると思わない？」

「……た、確かに」

思わず納得してしまった。

恋愛経験は皆無なので想像でしか語れないが……おそらく普通のカップルは、こんな風に事前にルールを示し合わせたりはしないだろう。

「でしょう？　そういうのは二人の関係の進展具合や、その場の空気やムードで決まるものなんだから、事前に決めておくなんてあり得ないって」

「……もしかして俺、相当ダセぇ質問してましたか？」

「うん……ぶっちゃけね。かなり、ダサいかも」

「……ぐっ」

「恋愛経験ゼロの男子っぽいこと言い出したなあ、って思った」

「……う、うぐぅ」

言いにくそうに、でも辛辣(しんらつ)なことを言う白森先輩だった。

やべえ。心がへし折れそうだ。

俺としてはルールや基準をはっきりさせたかったが……冷静になって考えてみれば、その行為は最高にダサかったのかもしれない。

彼氏が彼女に『俺ってどこまでやっていいの？』って質問したようなもんだ。

うわあ、ダッセぇ。

自信や経験のなさが全面に出てて、死ぬほどダッセぇ……！

「あはは。もう、そんなに落ち込まないでよ。別に気にしてないから」

がっつり凹む俺を、笑いながらフォローする白森先輩だった。

くそ、恋愛ゲームめ。

相変わらずルールが曖昧すぎて嫌になるぜ。

「まあ、あんまり難しく考えないでさ。あっ。ほら、デーティング期間みたいなものだって考えればいいいんだよ」

「デーティング期間、ですか」

「うん。黒矢くん、知ってる？」

「なんとなくなら」

デーティング期間。

あるいは単にデーティング。

海外、特に欧米でよく見られる恋愛の文化で、簡単に説明するならば――『付き合う前にお互いを知るためにお試し期間』、となるだろうか。

欧米のカップルは本格的な交際を始める前に、デーティング期間というステップを踏むのが一般的らしい。

「海外だと、いわゆる『告白』っていうのがないらしいですよね。俺ら日本人からすると、ちょっと信じられないですけど」

「ねー、信じられないよねー」

そもそもの話として。

欧米には、いわゆる『告白』という文化自体が存在しないらしい。

『好きです。付き合ってください』

こんなかっちりとした告白で交際が始まることは、まずない。

日本やアジア圏の告白文化が、世界的には珍しいものだそうな。

では、外国人は告白もなしにどうやってカップルになるのか。

その答えが――デーティングと呼ばれるお試し期間、である。

いいなと思う相手がいたら、本格的な交際を始める前に、まずはお試しの交際みたいなものを挟むらしい。

言ってみれば、友達以上恋人未満の関係、というわけだ。

「……欧米じゃ交際前にデーティング期間を挟むってのは知ってましたけど……具体的にはよくわかんないんですよね。告白がないなら、じゃあデーティング期間にはどうやって入るのか、そしてどうやって本格的な交際に発展させるのか……」

「その辺はノリとフィーリングらしいよね。なんとなくで入って、なんとなくで別れたり付き合ったりする、みたいな。いちいち確認したりすると『小学生みたい』って笑われるんだって」

「あ、曖昧すぎる……」

またノリとフィーリングの話かよ。

欧米式の恋愛とは、なんと難儀なのか。

日本の恋愛ゲームでさえ死にそうになっている俺では、とても海外の恋愛ゲームにはついていけそうにない。

「……欧米人は気持ちをはっきりと言う人種じゃなかったんですか？　日本人が断る時の『結構です』『大丈夫です』みたいな曖昧な表現を嫌ってるんじゃないんですか？　それなのに恋愛になったら、なんで急に言いたいこと言わずに『察して』みたいな文化になるんだ……？」

「あはは。確かにね」

そこまで言った後、白森先輩はなにかを思いついたような顔となる。

座ったまま、もぞもぞと足を動かし始めた。

「欧米の恋愛だと直接的な言葉じゃなくて、相手からサインを感じ取ったりするのが重要なんだろうね」

「サイン……」

「あなたに気がありますよ、っていうサイン。たとえば……」

次の瞬間――ぞわり、という感覚が背筋を駆け抜けた。

テーブルの下。

足の脛（すね）に、なにかが触れていた。

つついたり、軽く撫(な)でたり。

テーブルのせいで足元の様子は見えないが——なにが起こっているのかは、対面に座る先輩の悪戯(いたずら)めいた笑みを見ればすぐにわかった。

「ちょっ、な……」

「ふふっ。こういうのも向こうのサインらしいよ」

頬杖(ほおづえ)を突きつつ、にんまりとした笑みをこちらに向ける。

「テーブルの下で、相手の足をつついたりするやつ。海外ドラマとかで見たことあるでしょ？」

「あ、ありますけど……ちょ、ちょっと、やめてくださいよ」

「えー、なんで？」

とぼけたように言いつつ、さらに足を伸ばしてくる先輩。

「ちゃんと上履きは脱いでるから、汚くないよ？」

……いやむしろそれが余計にヤバいんだよ。

ソックスに包まれただけの爪先(つまさき)が、脛を撫で回してなぞるようにしてくる。足の指の感触まで伝わってくるような気がして……頭が変になりそうだった。

「どうですか黒矢くん。私のサイン、ちゃんと伝わってますか？」

「……だから、やめてくださいってば」

慌(あわ)てて椅子(いす)を引き、先輩の足から逃れる。これ以上からかわれるのは癪(しゃく)だったし、なによ

り……これ以上足の指で撫で回されてると、変な性癖に目覚めそうだった。

「逃げなくてもいいのに」

「逃げてないです。戦略的撤退です」

「それは逃げてるというのでは？」

「……違います。撤退です。いつか反撃するための撤退です」

「あはは。じゃあ、いつかの反撃のときを楽しみにしてるね」

本当に楽しげに笑う。

反撃、ね……。売り言葉に買い言葉で言ってしまったけど……俺がこの先輩に反撃できる日など、果たして来るのだろうか。

「とりあえず……私達の今の関係は、欧米でいうところのデーティング期間みたいなものってことで」

上履きをはき直しつつ、白森先輩はまとめるようにそう言った。

俺も納得して頷く——直前で、ふと気づいてしまった。

「……ま、待ってください白森先輩」

「ん？　どうしたの？」

「デーティング期間って確か……複数の相手と同時進行するのもオッケーじゃなかったでしたっけ？」

お試し期間は、あくまでお試し期間。

だから――その期間に他の相手と……まあ、なにかしら関係したとしても、それは浮気とはならない。

あるいは最初から、堂々と複数の相手と同時進行するパターンもあると聞く。

二、三人と同時にお試し交際して、全員と様々な経験をしてから本命の相手を決める。そんな、日本だったら顰蹙を買いそうな行動が――エロゲーでヒロインを同時攻略するような手法が、欧米のデーティング期間ではごく普通に行われている……とか。

「あー……そういえばそうだったね。デーティングの相手は一人じゃない場合もあったはず」

「じゃ、じゃあ……俺達の付き合いも」

「んー。さすがにそこは禁止のルールにしよっか」

ほんの少しだけ考えるようにしてから、白森先輩は言った。

「デーティング期間みたいなお試しカップルだけど、浮気は全面禁止ってことで。ここだけはしっかり日本式でいきましょう」

「……そ、そうですか」

必死にどうでもよさそうな感じを出しながら、内心で深々と安堵の息を吐き出す。

あ～、よかったぁ……。

これで本場のデーティング期間と同じように同時進行オッケールールだったら……想像した

だけで吐いてしまいそうだ。

考えたくもない。

俺以外の男と付き合っている、白森先輩なんて――

「安心した？」

と。

こっちの心を見透かしたように、にやにや笑う白森先輩。俺は顔を逸らし、「……別に」と返すので精一杯だった。

「ふふっ。さっきも言ったけど、今の私はちゃんと黒矢くん一筋だから」

「…………」

「もちろん黒矢くんだって浮気禁止だからね。私以外に目移りしちゃダメだよ？」

「……白森先輩はともかく、俺に浮気の心配なんてないですよ。先輩以外、女子の連絡先なんて一つも知らないぐらいの男ですから」

「そんなのわかんないでしょ？　もしかしたらある日突然、黒矢くんの好みど真ん中の超絶美少女が目の前に現れるかもよ？」

「白森先輩みたいな人がもう一人現れるってことですか？　そんな都合のいい奇跡が二度も起こるわけ――」

「え？」

きょとん、と目を丸くする白森先輩。

え……あ、あれ？

ちょっと待て。

今俺、なんて言った⁉

「……ふ～ん。そうなんだっ」

最初は面食らって照れたように顔を赤らめていた白森先輩だったけれど、徐々にその口角が勝ち誇るように上がっていく。

「へえ、へえ～。黒矢くん、そんなこと考えてたんだ」

喜色満面の笑みとなり、テーブルの上に身を乗り出してこっちの顔を覗き込もうとしてくる。

俺はもう……全力で顔を逸らすことぐらいしかできなかった。

「私のこと、好みど真ん中って思ってるんだー」

「……違います、言葉の綾です」

「超絶美少女って思ってるんだー」

「……言葉の綾です」

「私と出会えたことを、奇跡って思ってるんだー。へえ、へえ～」

「…………あーあー、うるさいうるさい」

両手で耳を塞ぐ俺。

口喧嘩でやったら絶対負けの、耳塞ぎ。

降参宣言と同じだ。

今日もまた、俺と彼女の恋愛ゲームは俺の完全敗北で終わってしまったらしい。

相手が強すぎる……というか、俺が勝手に自爆しまくった感じだが。

ともあれ。

白森先輩とのお試し交際。

欧米でいうところのデーティング期間。

期限もルールも存在せず、ノリとフィーリングで全てが決まるという大変曖昧で有耶無耶な関係となってしまったが——たった一つ、『浮気禁止』というルールだけはきっちり明文化されたようだった。

第三章　強制インストール

恋愛をゲームとするならば、とりあえずそれがクソゲーであることはおそらく世の中の冴えない男達全員の共通見解で間違いないとは思うのだけれど——そのクソゲーの中で俺が個人的に最もクソだと思う部分。

それは、強制プレイである点だ。

平和な時代に平和な国で普通に生きていれば——あるいは、平和じゃない時代に平和じゃない国に生きていたとしても。

どうやら人間という生き物は、恋に落ちるらしい。

動物的で原始的な本能によるものなのか、あるいは万物の霊長にして考える葦に相応しい文化的行動なのか——それはわからないけれど、とにかく人間は、恋愛をやってしまう。

誰だって、どんな奴だって、生きていれば大体、誰かを好きになってしまうことがあるのだろう。

別に、誰も頼んでいないのに。

恋愛させてくれなんて、一言も頼んでないのに。

なんつーか……押し売りもいいところだろう。

世にクソゲーは数あれど、やりたいとも買いたいとも言ってないのに強制的にプレイさせられるクソゲーは、なかなかないんじゃなかろうか。

強制プレイにして、強制インストール。

言ってしまえば――タチの悪いコンピュータウイルスみたいなもんだ。

なんらかのきっかけでうっかり触れてしまえば最後、自分という名のハードディスクに『恋愛』という名のゲームアプリが強制的にインストールされ、プレイせざるを得なくなる。

そして、さらに厄介(やっかい)なことに。

『恋愛』という名のクソゲーは――冗談みたいに容量を食う。

ストレージの大半を消費し、動作が重くなってパフォーマンスの低下を引き起こす。このゲームをインストールしてしまったせいで、他(ほか)の全てのプログラムが動作不良を引き起こす可能性が極めて高い。

本当に、クソゲー極まりない。

さて。

俺がそんなクソゲーに心を食われちまったのは、いったいいつからだっただろうか。

入学式から、特に何事もなく一週間が経過した頃——

多くの高校がそうであるように、緑羽高校に新入生のための部活動見学期間が用意されている。多くの新入生が希望する部活へと足を運び、先輩達に交じって体験入部してみたり、あるいはなんらかの接待や歓迎を受けたりする。

そんな見学期間中の放課後——俺は、特別棟三階の隅にあるという文芸部の部室へと向かっていた。

特に理由があったわけではない。本以外に興味あるものがないから、とりあえず文芸部にでも入ってみようかと思っただけだ。

なお。

この時点では、文芸部はすでに廃部となって文芸同好会となっている、なんてことも知らず——そして。

文芸同好会唯一のメンバーの正体も、知らなかった——

「ここか……」

文芸部という看板を確認してから、一回深呼吸をする。落ち着け。大丈夫だ。そんなに気を張ることもない。文芸部なんかに所属してるのは、どうせスクールカースト底辺の陰キャに決まってる（偏見）。みんな俺と同じ人種だ。きっと仲良くできる。本好きの陰キャ同士、適切な距離感を保って適当適度に仲良くできるはず——

そんな風に自分に言い聞かせながら、ドアに手をかけた。

「し、失礼します」

一応の挨拶をしながら戸を開き——そして、呼吸が止まった。

ごく普通の教室のような室内。

壁に備え付けられた大きな本棚には、無数の本や資料。

部屋の中央には長テーブルが置かれ、いくつものパイプ椅子が並ぶ。

彼女は、その一つに腰掛けて本を読んでいた。

細い指でページをめくる。目つきは真剣そのものだが、口元にはほんのわずかな微笑が浮かぶ。

綺麗、だと思った。

夕焼けが滲む教室で一人本を読む彼女には、まるで一幅の絵画のような魅力と美しさがあった。静謐で麗しく、そしてどこか神々しい。

そんな絵画めいた光景は、しかし一瞬で崩れることとなる。

俺の存在に気づいた彼女は、「あっ」と大きく口を開けた。

文庫本に栞を挟んで閉じると、

「もしかして入部希望者……じゃなかった、入会希望者の人⁉」

と叫びながら、俺の方へと駆けてきた。

「えっと……」

「新入生の子、だよね？」

「は、はい……」

「やった！　わー、嬉しいな。絶対誰も入らないと思ってたもん！」

本を読んでいたときの大人びた雰囲気が嘘のように、明るくフレンドリーな感じで接してくれる先輩。

俺はというと……まともに相手の顔を見ることができない。自分でもわかるぐらい視線が泳いでしまっている気がする。

初対面で、先輩で、しかも美人。

俺のような人間にとっては、ある種の天敵みたいなものである。

気を抜けば『おっふ』と変な声を出してしまいそう。

「ええと、どうしよどうしよ。新入生来るなんて思ってなかったから、なんにもおもてなし用意してないや……ま、まあ座ってよ！」

そう言って彼女は、俺をパイプ椅子へと誘った。

まずは彼女が座る。

当然ながら次は俺が座る流れなのだが……ここで俺は、悩みに悩んだ挙げ句、斜め前のパイプ椅子に腰掛けた。

いきなり正面に座る勇気は、俺にはない。

彼女は一瞬『え？　なんで？』みたいな顔をしたけれど、特に追求してくることはなかった。

「えっと、とりあえず……ようこそ、文芸同好会へ！　と言っても……メンバーは私しかいないんだけどね、あはは」

「え……あ、あの」

自嘲気味に笑う彼女に、俺は反射的に問うてしまう。

同好会という部分も気になったが、それ以上に――

「ここって、白森先輩しかいないんですか……？」

「うん、そうだよ。やー、なんていうか、若者の活字離れが激しいみたいでさー……って、あれ？　なんで私の名前知ってるの？」

「いや、その……先輩、有名人なんで」

「……それってもしかして、『美少女四天王』的なアレ？」

「は、はい」

「うわー……マジかー。もう新入生にまで広まってるのかー」

嫌そうな顔をして頭を抱えてしまう先輩――白森先輩。

部室にいた彼女のことを、俺は知っていた。

『美少女四天王』の一角――『人妻』白森霞。

当然のようにクラスでは友達がいない俺だけれど、周囲の男子達はよくその話題を口にしている。リア充オーラを振りまきながら校内を闊歩する彼女達を、遠目で見かけたこともある。

「嫌なんだよね、その呼び方。『美少女四天王』ってだけでも頭悪くて嫌になるのに……『人妻』ってなによ、『人妻』って？　私、既婚者じゃないんですけどー」

不服そうに口を尖らす白森先輩。

「なんか……意外ですね」

俺は言う。

「先輩みたいな人が文芸部って。あ、いや、同好会でしたっけ？」

「あはは。よく言われる。霞は本とか読まなそう、って」

軽く笑った後、読みかけだった文庫本へと手を伸ばした。

「なんかさ……好きなんだよね。昔っから、本を読むの」

大人びた微笑を浮かべ、しっとりとした声で囁く。伏し目がちな視線で本を見つめながら、細い指で背表紙を撫でるようにした。

その笑みや仕草は——ドキッとするぐらい美しかった。高校生離れした色香や魅力があり、『人妻』という異名をつけた奴の気持ちがよくわかった。

年上少女の美貌に見とれていると、

「ああ、これ？」

俺の視線を勘違いしたらしく、持っていた文庫本を俺に見せてきた。

「え。あっ……はい。それって、今話題の……」

「……そう。今度映画化する、今すっごく話題の作品の原作小説……本屋に行ったら、入ってすぐの一番目立つところに平積みされてるようなやつ……」

白森先輩は困ったような恥ずかしがるような表情を見せる。

「うわ～、しまったなあ……。なんか恥ずかしいよね⁉ 文芸同好会代表なのに、こんな思いっきり話題ど真ん中みたいなの読んじゃっててさ。ミーハー丸出し？ あ～、う～、新入生が来るってわかってたら、もっと硬派そうな名作を読んで威厳を醸し出してたのに……」

その気持ちは――まあわかる。

『趣味・読書』と言い張ってしまうと、他人からオススメの本や漫画を聞かれたとき、なんとなくメジャータイトルは挙げにくい。『自称・音楽好き』がインディーズバンドを推し、『自称・映画好き』が古い洋画を推すのと同じような感覚かと思われる。

「……いいんじゃないですか、別に。本読むのに、ミーハーもなにもないですよ。古き良き名作読んでたから偉いってわけでもないですし――それに」

と言って、俺は自分の鞄に手を入れる。

中から一冊の文庫本を取り出した。

学校の空き時間に読む用の本。

それは偶然にも――

「俺もその本、ちょうど今読んでるとこなんで」

白森先輩が読んでいた本と、同じものだった。

「えっ！　嘘っ⁉」

驚きの声を上げ、身を乗り出して俺が手に持った本を摑んでくる。

興奮したのか、俺の手ごと摑むように。

うわっ。

ふ、触れてしまった。

女子と手を触れてしまった……！

「ほんとだ……すごーいっ。こんな偶然、あるんだね」

一気に心拍を跳ね上げてしまう俺とは対照的に、白森先輩は触れてしまった手など気にする様子もなく、感動の声で続ける。

「すごい、すごいよ。これはもう、運命だね！」

「う、運命……」

「うんっ。きみと私は、出会う運命だったってこと！」

恥ずかしげもなく、心底明るい笑顔で、彼女はそんなことを言う。

「だってこんなの、奇跡としか思えない確率でしょ？　偶然出会った二人が、たまたま同じ本を読んでるなんてさ。この世にある何千万、何億の本の中から、たまたま一致するなんて！」

「……いや、古典の名作とかマイナーな洋書とかでかぶったら奇跡だと思いますけど……今週日本で一番売れただろう文庫本がかぶったところで、そこそこある確率というか」

「……きみはアレだね。ノリが悪い子だね」

「あっ……す、すみません」

「ふふっ。嘘嘘。謝らなくていいよ」

一瞬だけ不服そうな表情を見せたが、すぐに明るく微笑（ほほえ）む。

「まあ確かに奇跡は言いすぎかもしれないけどさ、でも……ちょっと嬉しくなっちゃうよね、こういう偶然」

「……はい」

「なんかこれからの活動が楽しみだなー。趣味が合いそうな後輩くんが入ってくれたんだもん。これからよろしくね、えっと……あっ。ご、ごめん、まだ名前聞いてなかったよね」

そういえば、矢継ぎ早に話が進むばかりで、俺の方はまだ自己紹介すらしていなかった。

「黒矢（くろや）です。黒矢、総吉（そうきち）」

「黒矢くんか。うん、覚えた」

白森先輩は言う。

「これからよろしくね、黒矢くん。今日からきみが副代表です！」

「………」

いつの間にやら俺は、この同好会に入会することが確定してしまったらしい。

その後は下校時間まで、二人で話し続けた。

大半が本の話題。悲しいぐらいコミュ力が低い俺だけれど、共通の話題さえあれば、初対面の相手だろうとそこそこ会話はできる。

どうにかこうにか、コミュニケーションを取ることはできた。初対面の先輩との会話というイベントを、自分でも驚くほどスムーズにこなせた気がする。

女子との会話には緊張を通り越して苦痛しか感じない俺のようなタイプにとっては珍しく、ストレスなく会話ができた気がする。

もっと言えば——楽しかった……のかもしれない。

楽しかった。

できることなら、もっと彼女と——

「——わっ……もう、こんな時間っ」

窓から差し込む夕焼けの日が、一層赤みを増した頃。

壁にかかった時計を見て、白森先輩は言った。

「すっかり話し込んじゃったなあ……。まずいまずい、急いで帰らないと。顧問の横溝先生、下校時間には結構厳しいんだよね」

急ぎ帰り支度を始める。

白森先輩は脱いでいたブレザーを着直した後、慌てた様子でテーブルの上に置いてあった本に手を伸ばす。

最初に話題となった文庫本。

同じタイトルの本が、俺と彼女の分で一冊ずつ――

白森先輩はその一つを、無造作に手に取った。

「あっ」

「え……どうしたの、黒矢くん？」

反射的に声を上げてしまった俺に、白森先輩が問いかける。

しかし俺は――

「……い、いえ、なんでもないです」

そう答えた後、残っていたもう一つの本を自分の鞄へとしまった。

一年後の現在。

時刻は夜の八時すぎ。

二階の自分の部屋にて、

「はあ……」

回想から現実へと戻ってきた俺は、手に持った一冊の本を見つめて、深々と息を吐き出した。

その本は——一年前から所有しているもの。

白森先輩と初めて会ったとき、二人が同じタイトルの本を読んでいたという、小さな奇跡を経験させてくれた本。

だがこれは——俺の本じゃない。

「……我ながら本当に気持ち悪いことしたよな」

自己嫌悪の溜息（ためいき）を、再び吐き出す。

あのとき。

本当は——気づいていた。

白森先輩が、間違えて俺の本を手に取っていたことを。

どうやら二人とも同じ時期に同じ系列の書店で買ったようで、使っている栞は同じだったけれど——でも、挟んでいるページが違った。

彼女が本を手に取った瞬間、すぐに間違いに気づいた。

だから「あっ」と声を上げたのだが――でも、その先を指摘できなかった。

気づけばもう一つの本の方を手に取り、自分の鞄にしまっていた。知らないフリをしたまま、相手の本を自分のものにしてしまった。

「……キモい。マジでキモい」

自己嫌悪で死にたくなってくる。

なんでこんなことをしてしまったのかは、自分でもわからない。

未だにわからない。

自分のことなのに――自分のことだから、わからない。

単に美人の先輩の所有物が欲しかった――というわけではない、と思う。そんなストーカーチックな欲求を抱いてはいない。

ただ、なんというか……ロマンチックだな、と思ってしまったのだ。

今風に言うなら、エモいと感じた。

偶然出会った二人が偶然同じ本を読んでいて、それを互いに交換しあって持っているなんて――

「……いや、どっちにしても気持ち悪りいよ」

自分で自分にツッコミながら、俺は本を本棚へと戻す。

本棚の一番上の段の一番左端――一番目立つ場所。

それが、この本の定位置だった。

正直な話をしてしまえば——本の内容は、あまり俺には刺さらなかった。当時日本中で売れまくった本にケチをつけるつもりはないけれど、俺の好みからは少しズレた本だった。

でもこの本は、一年経った今でも、俺の部屋の本棚に存在している。

一番目立つところで、特別な本として君臨している。

「…………」

結局俺は、出会った瞬間に巻き込まれていたのだろう。

恋愛という名の、強制インストールのクソゲーに。

アホほど重いゲームの容量で、心のほとんどを食われてしまった。寝ても覚めても、先輩のことしか考えられなくなってしまった。

先輩のことで頭がいっぱいになって、嫌な思い出もくだらない過去も、全部頭の隅に追いやられてしまった。

よく言えば一目惚れ。

悪く言えば……地味で冴えない陰キャが、陽キャの美少女からちょっと優しくされただけで、コロッと惚れてしまったという流れ。共通の趣味を見つけて、俺にもワンチャンあるんじゃねえかと愚かで分不相応な夢を抱いてしまっただけ。

「白森先輩は気づいてんのか、気づいてねえのか」

結局この一年、相手からの指摘はなかった。

俺としては、いつ企みがバレるかと戦々恐々とした気分でいたので、安心したような拍子抜けのような、複雑な気分である。

「……ん？」

そこで――ベッドの上で充電していたスマホが震えた。

白森先輩からのラインだった。

以前から多少のやり取りはあったが、カップルとなってからはその回数がだいぶ増えた。

向こうから結構な頻度で、どうでもいい内容のメッセージが送られてくる。

おかげで……だいぶ慣れては来た。

片思い時代は先輩から連絡があるだけでいちいちテンパってしまったけれど、今はもう、たかがラインごときで焦ったりはしない。ふっ。俺だっていつまでも照れてばかりではない。多少は成長している――なんて。

そんな風に一人得意げになる俺だったけれど、届いたメッセージを見て大いに噴き出しそうになる。

『私のこと考えてたでしょ？』

なんの前置きもなく、いきなりこの文章一つ。

「……っ」

鼓動が速まり、顔が熱くなるのを感じる。

ああ……もう、本当になんなんだよ、この先輩？　ようやく慣れてきたと思ったらこれだ。

俺をどんだけ焦らせたら気が済むんだよ。

どうにか呼吸を落ち着かせて、返信の文章を考える。メッセージでよかった。これが通話だったら、上擦（うわず）った声を聞かせてしまうところだった。

『考えてません。自意識過剰です』

極めてクールに返したつもりだったけど、

『嘘ばっかり』

即座の返答がこれ。

なんなの、もう？

エスパーなの、この人？

『嘘じゃないです』

『じゃあ、なに考えてたの？』

『「油揚げ」という食材のネーミングについて考えてました。なんでお前だけ揚げる液体の名前がついてんだよ、天ぷらだってトンカツだって油で揚げてるわ、素直に「揚げ豆腐」と名乗れ、と突っ込みたくなって』

『あはは。相変わらず変なことを変に一生懸命考えてるね』

それからしばらくはどうでもいいやり取りを繰り返し、適当なところで俺の方から『やることがあるので』と切り上げた。

いつまでも続けたい気持ちもあったが、あまり遅くまで相手を付き合わせてしまうのも申し訳ないし――それに。

やることがあるというのも、嘘ではない。

「……よし」

一人気合いを入れてから、俺は机に向かい、ノートＰＣを開いた。

第四章　衝動エンカウント

放課後の部室——

「改めて考えてみるとさー」

テーブルの反対側に座る白森(しらもり)先輩が、ふと思いついたように言う。

ちなみに俺(おれ)は、今日はちゃんと真正面に座っている。先日あれだけイジられたのだ。俺にも意地というものがある。

「私達、一年も一緒にいたんだよね」

「なにを今更……」

「この人気(ひとけ)のない密室で、男と女が二人きりで……毎日のように一緒にいたんだなあ、としみじみと思って」

「なにが言いたいんですか?」

「いや、なんか……エロいなあ、って」

「……別にエロくはないでしょう」

「えー、だってさ」

白森先輩はいつものように意地の悪い笑みを浮かべて言う。

「黒矢くんは——ずっと私のこと好きだったんだよね？」

「……っ」

「この部屋で普通に二人で一緒にいるときも……ずーっと私のこと、好きだったんでしょ？素知らぬ顔でトークしながら、内心では恋心を燃やしてたんでしょ？」

「……」

「ふふっ。なんかエロいよね」

なにも言えなくなる俺に、にやにやと笑って言う白森先輩。

なにがエロいのかはさっぱりわからなかったけれど、一つだけの確かなのは『エロい』というワードを口にする白森先輩の口元の方が、よっぽどエロいということだけだ。

「あーあ、一年前は考えもしなかったなあ、黒矢くんと付き合っちゃうなんて」

背もたれに体を預けて、白森先輩は少し上を見ながら言った。

「黒矢くんはどう？　私と付き合うことなんて、予想できてた？」

「……できるわけないでしょう。そもそも自分に彼女ができるとさえ思ってなかったですし」

「ふーん。でも付き合いたいとは思ってたんでしょ？」

「……っ」

「アレだね……きみは本当にわかりやすい子だね。そこまで素直な反応されると、こっちが恥ずかしくなってくるよ」

「う、うるさいですよ！」

わずかに顔を赤くした白森先輩と、たぶんその倍ぐらい顔を赤くしてしまう俺だった。

「黒矢くんって、自分では自分のことを『ポーカーフェイスが上手い』とか思ってそうだけど、実際は全然下手だよね。表情に出まくり」

大変失礼なことを言われた気がするが、声を大にして否定を叫びたい。

他の奴の前ではそれなりに上手く表情作ってやってんだよ、俺がこんなに動揺を露わにするのはあんたの前だけだよ、と。もちろん、そんなこと言えるはずもないんだけどさ。

「ねえねえ。黒矢くんはさ、私のどこが好きなの？」

釈然としない俺に対し、白森先輩はさらに畳みかけてくる。

「……ノーコメントで」

「いいじゃん。教えてよー」

「………………俺みたいに女に耐性のない地味な陰キャは、女子からちょっと優しくされると、それだけで相手のこと好きになっちゃう生き物なんです」

「えー、なにそれ？」

素っ気なく返した俺に、白森先輩は困ったように苦笑した。

「そ、そっちこそどうなんですか？」

からかわれてばかりも癪だったので、俺も反撃を試みる。

「先輩は俺の……ど、どこが好きなんですか？」

「んー？　えーっとね、私のことが大好きなところ」

「～～っ⁉」

返り討ちで瞬殺された。反撃などを考えたこと自体が間違いだったと思わされるような、完璧なカウンターだった。

「私のことが、大好きなところ」

「な、何回も言わなくていいです……」

ダメだこりゃ。

勝てねえ。勝てるわけがねえ。

「そういえば黒矢くん」

照れと敗北感で悶絶する俺を無視して、白森先輩は話を変える。

「私達のことってさ、周囲に言う？　言わない？」

「え？」

「黒矢くんは、下倉くんには言ってたみたいだけど、他の誰かに言ったりした？」

「……刻也以外には誰にも言ってないです」

「ふうん、そうなんだ」

「も、もしかして……言っちゃダメでしたか？」

「ううん。ダメとかじゃなくて。相談して決めたいな、って話」

白森先輩は言う。

「私はまだ誰にも言ってないんだけど……黒矢くんはどっちがいい？　大々的に発表したい？　それとも隠れてこっそり付き合いたい？」

「……すでに一人、勝手にバラしちゃってるから、すごく言いづらい感じですけど、圧倒的に後者ですね」

大々的な発表なんて絶対に嫌だ。俺みたいな奴が四天王の一角と付き合いだしたとわかったら、全校生徒から顰蹙（ひんしゅく）を買ってしまう恐れがある。

悪目立ちは絶対に避けたい。

「ふむふむ、なるほど」

「先輩はどっちですか？」

「私も後者かなあ。そこまで隠しときたいわけでもないけど……自分から大っぴらにしてくのもなんか違う気がするし……それに」

そこまで言ってから、口元にいつもの悪戯（いたずら）っぽい笑みを浮かべる。

「隠しててもどうせいつかはバレちゃうだろうから、それまでは内緒の恋人関係を楽しみたいかなあ」

またこの人は、こういうかわいいことを言っちゃって……。

「と言っても、すぐバレちゃいそうだけどね。黒矢くん、わかりやすいし」

「失敬な。俺のどこがわかりやすいというんですか？」

「えー？　わかりやすいでしょ？　まず大前提として、私を好きなことが私にバレちゃってたわけだし」

「…………」

そこを指摘されればなにも言い返せない。思い返せば……刻也にもすぐバレちゃったんだよなあ、先輩に惚(ほ)れてること。

どんだけわかりやすい奴なんだよ、俺は？

「私を大好きなこと、一番バレちゃまずい私にバレちゃったわけだし」

「ぐ、具体的に言わなくていいです……」

「ふふふっ。あっ、そうだ。いいこと思いついた」

楽しそうに笑った後、白森先輩は席を立った。

「今後のために、ちょっと練習しようか？」

「練習？　なんのですか？」

「黒矢くんが私に慣れる練習。ちょっとのことで動揺したり焦(あせ)ったりしないで、私と一緒にいても平然としてられるようにする練習」

「……な、なにする気ですか？」

やや身構えて問い返すと、先輩はにんまりと微笑(ほほえ)んでこう言った。

「デートをします」


デートと言われ真っ先に思いついたのは、休みの日に二人で待ち合わせしてどこかに行くような展開だが、しかしどうやら今回はそれとは少し違うものらしかった。

「……デートっていうからなにかと思えば……ただ一緒に帰るだけの話じゃないですか」

「いいじゃん。これだって立派なデートだよ？　放課後デート」

白森先輩と二人で、駅へと向かう道を並んで歩く。

俺は自転車を手で押し、彼女はすぐ隣を歩いている。

いつもは駐輪場で別れを済ますから、こうして一緒に学校の外を歩くのは初めての経験だった。

「……あの、白森先輩。これ、いろいろ矛盾してると思うんですけど？」

「ん？　なにが？」

「俺がわかりやすくて周囲にバレるかもしれないから練習しようって話だったのに……なんでこんな目立つことやっちゃってんですか？」

正直……気が気じゃない。

このまま駅に向かう途中で、誰に見られるかわかったもんじゃない。

「んー、まあ大丈夫でしょ。誰かに見られても『同好会の買い出し』とか適当に言い訳すればいいし。さっきも言ったけど、別にバレたらバレたで構わないし」

「適当ですね……」

「とか言って黒矢くん、本当は嬉しいでしょ？　私と放課後デートできて」

「……別に」

「素直じゃないなあ」

くすくすと笑う白森先輩だった。

その後も、電車通学で普段から駅を利用している先輩に促される形で、二人で並んで歩いて行く。

交差点を曲がり、人通りの少ない道へと出た辺りで——白森先輩が少し、俺への距離を詰めてきた。

そして、からかい調子の声で——言う。

「ねえねえ黒矢くん、そろそろ手とか繋いでみちゃう？」

「ふえっ⁉」

変な声が出てしまった。

驚きの余り、思わず足が止まってしまう。

「な、なに言ってるんですか、先輩……?」

「いや、そこまで変なこと言ってないと思うけど」

「こんな道のど真ん中で手を繋ぐなんて……な、なんて破廉恥なことを……!」

「いやいや、破廉恥ではないでしょ?」

確かに。

破廉恥ではなかったかもしれない。

むしろ手を繋ぐことを破廉恥とか言ってしまう、俺の心がなによりも破廉恥なのかもしれない。

「ぷっ……あはは。動揺しすぎだよー? 手ぇぐらい普通に繋ぐでしょ?」

「……しょ、しょうがないでしょ。俺みたいな奴にとっては、結構一大事なんですよ、手を繋ぐって」

「もうっ、手ぇぐらいでそんなに焦っててどうするの? 私ら付き合ってるんだから……もっといろんなとこ触ったっていいんだよ?」

「えっ……」

いろんなとこ。

その一言だけで、一瞬のうちに様々な妄想をしてしまい、思わず先輩の体を見てしまうが
——凹凸の凸が激しい部分を集中的に見てしまうが、

「あー、今、いやらしいこと考えたでしょ?」

どうやら俺は、またもや罠にかかってしまったらしい。

「ふふっ、黒矢くんのエッチぃー」

「〜〜っ!? お、男はみんなエッチなんです！」

俺は負け惜しみのように叫ぶことしかできなかった。

「で、どうする、黒矢くん？」

白森先輩は勝ち誇った笑みのまま、片手を掲げた。

ぐー、ぱー、と開いたり閉じたりしながら、挑発するように告げる。

「手、繋いじゃう？」

「……繋ぎません」

俺にも意地というものがある。こんな一から十まで先輩に支配されたような流れの中で、これ以上思い通りになってたまるか。

本当は……もちろん繋ぎたいけど。触れたくて触れたくてたまらないけど、そんな劣情を男の意地とプライドで抑え込み、クールな態度を必死に作る。

「まあ、先輩がどうしても繋ぎたいっていうなら、繋いであげてもいいですよ？」

「ふーん、そっか」

どうにか主導権を取り戻そうと、必死に上から目線の台詞を絞り出した俺に対し、先輩は意味ありげに頷いた後――

ぐい、と。

いきなり俺への距離を詰めてきた。

突然のことで面食らい、体が硬直してしまう。

そんな俺の手を——白森先輩は躊躇なく握った。自転車のハンドルを支えていた手を、軽く引っ張って強引に握ってくる。自転車が倒れそうになるも、片方の手で反射的に支えてバランスを取った。

おかげでもう片方の手は意識が薄くなり——結果、先輩に好き放題されてしまう。

いつのまにやら、互いの手が密接に絡み合ってる。

世に言う、恋人繋ぎ——

「えへへ。繋いじゃったね」

嬉しそうに笑いながら、白森先輩は言った。

「え、な……え？　え？　な、なにやってんですか、先輩……？」

「んー？　だって……いいって言ったでしょ？」

彼女は言う。

「私がどうしても繋ぎたいなら、繋いでもいい、って」

「……っ」

心臓が——跳ね上がる。血液が沸騰したように顔が熱くなって、頭が全く機能しなくなる。

そんな俺に、白森先輩はさらに続ける。

「どうしても繋ぎたい」

「〜〜っ⁉」

「今日はどうしても、黒矢くんと手を繋ぎたかったの。だって……今日が私達の、初めての放課後デートだから」

「……わ、わかった、わかりましたから！」

必死に制止を訴えると、白森先輩は瞳に優越感を滲ませた。

「ふっふっふ。必殺の、超素直攻撃でした―」

素直攻撃って。

なんだよそれ。今の全部本音だったってことか？　思えば最初から、なぜか遠回りして人気のない方の道通ってる気がしたけど、やはりそれは俺と手が繋ぎたかったからで……いやでも、こういう風に勘違いさせて期待させるのも先輩の作戦という可能性も――

ダメだ。

わからん。なにもわからん。

確かなことは――手のひらに伝わる感触だけ。

生まれて初めて触れた女の子の手は、温かくて柔らかくて、触れているだけで体中に甘い電流が走るような、途方もなく幸せな感触がした。

「どうだ、まいったか？」

「……反則ですよ、そういうの」

本当に、反則だ。

この先輩は——俺の彼女は、反則的なぐらいかわいすぎる。

人通りの少ない道を抜けて、だんだんと駅が近づいてくると、白森先輩は自然と手を離した。

知り合いに出くわすリスクを考えてのことなのか、それともシンプルに人前で繋ぐのは恥ずかしかったからなのか。

名残惜しい気もしたが……正直、安堵の方が強かった。

好きな相手と手を繋ぐなんて、恋愛初心者の俺には刺激が強すぎた。

握っているだけでガンガンHPを消費していく気分。常時毒沼にハマっているようなものだろう。

「とりあえず本屋でも行こうか」

「そうですね」

目的地は二秒で決まった。

駅の駐輪場に自転車を一旦置いた後、俺達は駅ビルの中に入っている書店を目指した。

その人間が本好きかどうかを見分ける基準のチェック項目の一つに——

『買いたい本がなくても本屋に寄る』

というものがあるだろう。

俺と先輩は、その項目に勢いよくチェックを入れるタイプだ。

街を歩いてて時間が空いたら、とりあえず本屋に入る。別に買いたい本がなくても、適当に店内を見て回るだけで楽しい。さんざん歩き回って一冊の本を買わなかったとしても、有意義な時間だったと思える。

人によっては『時間の無駄』と切り捨てられる行動かもしれないが、本好きにとっては幸福と安らぎの時間だ。

様々な本の表紙を眺めているだけでも楽しいし、不意に目に止まった本を衝動買いしてしまうこともまた一興。

俺ぐらいになってくると、もはや本単体ではなく書店全体のレイアウトが見てて楽しい。なにを平積みするか、メデイアミックス作品をどう展開するか、話題作を売るためになにをしているか、POPや特設コーナー……などなど、書店員さんによる様々な戦略が実に趣深い。

刻也あたりに言うと「お前、おかしい」と一蹴(いっしゅう)されるが——幸いなことに今隣にいるのは、俺と同レベルに本を愛し、そして書店や書店員へのリスペクトに溢(あふ)れている人物である。

「あっ。これ、文庫落ちしてたんだ。うわー、いい表紙だなあ」

「確かにいいですね。ハードカバーの表紙とは違った魅力がある」

「うー、どうしようかなあ、文庫の方も買っちゃおうかな。この作者さん、文庫にするとき思いっきり文章直すんだよねー。単なる加筆だけじゃなくて、がっつり台詞とかも変えちゃうの」

「あー、それはファンとしては複雑ですよね。どっちも正解、ある種のパラレルワールドとして受け入れればいいんでしょうけど……でも、きっちり作者に正解を決めてほしくもあるというか」

「うう……とりあえず今日は保留で。……あっ。これ、もうすぐ始まるアニメ映画のやつ。ちょっと興味あったんだよね」

「俺、もう読みましたよ」

「え!? 嘘(うそ)、どうだった?」

「まあ、個人的には――」

「ああっ、やっぱり言わないで！　面白(おもしろ)かったかつまらなかったかも言わないで！　なんの予備知識もなくフラットな感情で読みたい」

「わかりました。とりあえず明日、持ってきますね」

「うん、おねがーい」

ああ――

なんか、いいなあ。

楽しいし……すげえ落ち着く。

一昨日から交際が始まり、嬉しい反面、心の消耗がかなり激しかった。

なんというか、アウェー感がすごかった。

……恋人ができたというシチュエーションに対してアウェー感を抱いてしまう自分がかなり悲しい気もしたけれど、でも事実だ。俺のような恋愛初心者にとっては、なにもかもが未知数で未開拓。ルールもセオリーも知らないゲームをおっかなびっくりプレイしているような緊張感が、常にあった。

けれど。

書店で本の話をしている今は、我が家のリビングでくつろぎながら、慣れ親しんだゲームで遊んでるようなホーム感がある。

付き合う前は、あるいは毎日こんな感じだったのかもしれない。

毎日毎日、本の話や、どうでもいい話をしていた。

もちろん、付き合わなければよかったなんて思わないけれど——微塵も思わないけれど、ただの先輩と後輩だった関係性が、少しだけ懐かしくもある。

ようやく少し落ち着いた気持ちになる俺だったけれど——しかし。

心の平穏は、そう長くは続かなかった。

「見て、黒矢くん。青春系フェアだってさ」

先輩が見つけたのは、書店の一角に設置された特設コーナーだった。

『青春系フェア』とキャッチーなフォントで描かれたPOPの下に、無数の本が平積みされている。ヒロイン単体表紙のラノベ、キャラが空を見上げる構図のライト文芸、空だけが描かれた一般文芸……なんとなく青春っぽい表紙がずらりと並んでいた。

「……この手のジャンル区分における『青春』ほど曖昧な表現はないですよね。『メインキャラが若者ならとりあえず青春で売っときゃいいだろ』と言わんばかりの安直さを感じずにはいられないというか……。特に意味不明なのは『青春ラブコメ』っていう呼称。『ダントツのトップ』みたいに意味がかぶってる気がする……。そりゃ間違いではないんだろうけど『とりあえず青春つけて、質が高い感を出したろ』という編集部の小賢しい思惑を感じる……」

「まーた、そういう捻くれたこと言う」

呆れたように苦笑しながら、白森先輩はコーナーの本を眺めていく。

まるで、子供がバイキングで料理を選ぶみたいに無邪気な瞳で、一冊一冊平積みにされた本を眺めていく彼女だったが——

「……っ！」

ふと、表情が強ばる。

コーナーの隅っこにあった、一冊の本を見つめて。

俺は彼女の視線を追いかけて——一瞬、呼吸が止まった。体が少し冷たくなり、全身から熱が引いていく気がした。

へえ。

驚いた。

この本が表紙を表にして書店に並ぶことなんて、もうないと思っていた。

数年前に出版された、一冊の本。

なんの話題にもならず、メディアミックスもされていない本だけれど、今回の青春フェアに合わせて書店在庫から引っ張り出されてきたのだろう。

ジャンルで言えば、一応は青春小説となるのだろうか。『他に特徴がないからとりあえず青春って銘打っときました』感満載の、青春小説。

タイトル――『黒い世界で白いきみと』。

『世界』とか『きみ』とか言っときゃ青春っぽいし売れ線っぽいだろと言わんばかりの、安直でチープなタイトル。

この本は、とある作家のデビュー作。

笑えるぐらいに売れなかった、デビュー作品。

その作家は、この本以降一冊の本も出していない――

「く、黒矢くん……」

「――大丈夫ですよ」

慌てふためき、瞳に不安の色を色濃く滲ませた白森先輩に、俺はそう返した。自分でも驚くぐらい、落ち着いた声が出た。

ゆっくりと手を伸ばし、『黒い世界で白いきみと』を取る。背景メインの表紙で、隅に小さく二人の男女が描かれている。

この本の表紙をこんなにじっくり見たのは、本当に久しぶりのことだった。

前は表紙を見るだけで、視界が真っ黒に染まるぐらい気持ちが沈んでいたのに、今は不思議なぐらい穏やかな気持ちで、この本を見ることができる。

「もう……大丈夫です」

同じ言葉を繰り返すと、先輩は安堵したように息を吐いた。

そういえば刻也も似たような反応だったな、とふと思い出す。

先輩にも刻也にも、この話題に関しては信じられないぐらい気を遣わせてしまっているようだ。

まったく……我ながら情けない。

以前の俺は、どんだけデリケートな奴だったのだろうか？

改めて、手の中の本に視線を移す。

『黒い世界で白いきみと』

著者名――黒矢総吉（そうきち）。

中学時代、俺が一冊だけ出した本。

自費出版などではなく、きちんとプロ作家として出版した本だった。

第五章　憧憬リロード

中学時代の後悔なんて、数え切れないほどある。

後悔以外を探す方が難しい。

そのうちの一つが――『ペンネームを本名にしたこと』だ。

大して深い理由もなく、著者名は本名そのままにしてしまった。

あるいは……ちょっとは期待もあったのかもしれない。『本が出たら、学校で話題になってクラスの人気者になれるかも』みたいな、いかにも冴えない中学生らしい自己顕示欲からの期待も、なかったと言えば嘘になる。

結論から言えば、大失敗だった。

なにかしらペンネームでも考えていれば、それごと過去を切り捨てることもできただろう。

少しは気持ちの整理もつきやすかっただろう。

本名そのままにしてしまったせいで、過去から逃げることができない。

自分の名前を見たり書いたりするたびに、嫌でも思い出す。

半端に叶ってしまった夢の残滓を、いつまでも振り払うことができない――

●

今より少し前。

白森先輩と出会ってから、三ヵ月ぐらいが経過した頃だっただろうか。

「ふっふっふー。待ってたよ黒矢くん」

その日の彼女は、俺が部室に入るなりそんなことを言った。いつもより声の調子が一段階ぐらい高く、ワクワク感溢れる笑顔を浮かべている。

「なにかあったんですか？」

「じゃじゃん！」

そう言って彼女が見せてきたのは、一冊の本だった。

『黒い世界で白いきみと』

その本は、俺のデビュー作だった。

表紙を目にした瞬間――一気に血の気が引いた。

「これ、黒矢くんが書いた本でしょ？」

「…………」

「やー、びっくりしたよ。黒矢くんの名前をネットで検索したら、普通に出てくるんだもん！

前にチラッと『昔、自分でも書いてたことはある』って言ってたから、もしかしたらネット小説とか見つかったりするかなーと思ってたら……まさかプロデビューしてたなんて！　もうっ、どうして教えてくれなかったの？」

「………」

「すごい、すごいよ、黒矢くん！　まさか、こんな近くにプロの作家さんがいるなんて思わなかった！　あとでサイン頂戴ね！　あっ……もちろんこの本も、昨日読ませてもらったよ。すっごくおもし――」

ハイテンションのままに告げられる台詞は、ほとんど頭に入ってこなかった。

呼吸だけで精一杯で、そのうち呼吸の仕方も忘れてしまって――俺は、その場に崩れ落ちるように膝を突いた。

「え……く、黒矢くんっ⁉　どうしたの……わっ。顔、真っ青だよ……！　だ、大丈夫……？」

「……だ、大丈夫です」

必死に口を開く。

強がって――口を開く。

黒くて重い様々な感情が、綯い交ぜになって腹の奥底に沈んでいく。

一番大きな割合を占める感情は――恥辱、だった。

誰にも知られたくなかった過去を、一番知られたくなかった相手に知られてしまった。

やっぱり本名をペンネームにするんじゃなかった、とつくづく思った。

●

俺が『小説家になる』という夢を抱いたことは、自然な流れだったのだろう。

本好きの少年として、ごく一般的な思考回路だったように思う。

小さい頃から外で遊ぶよりも本を読むのが好きな子供で、だから自然と、自分でも物語を生み出してみたいと考えるようになった。

中学に入り、親からお下がりのノートＰＣをもらってからは、実際に自分でも小説を書くようになり——そして、当時流行していた大手小説投稿サイトに投稿するようになった。

プロになりたい。

デビューしたい。

そんな思いがなかったと言えば嘘になるが……でもそれは、本当に漠然（ばくぜん）としたものだった。

夢と呼ぶにはあまりにフワフワした目標。ワンチャンなれたらいいな、ぐらいの希望的観測。

夢と趣味の間を行ったり来たりするようなスタンスで、素人なりに楽しく創作活動を続けていた中学時代だったが——ある日。

投稿した一つの作品が……なんというか、少しだけ跳ねたのだ。

タイトルは『黒い世界で白いきみと』。

俺の他の作品とは比較にならないぐらいPV数が伸びて、サイト内のランキングでもなかなかいい位置まで伸びていった。

そして――


『あなたの作品を弊社から出版させていただけませんか?』


出版社から、書籍化の声がかかった。

夢かと思った。

こんなにあっさりと夢が叶うなんて――夢かと思った。

今は投稿サイトで実力を磨いて、いつか自分に自信が持てる作品が書けるようになったら、どこかの新人賞に応募してみよう。

漠然とそんな風に考えていた俺にとっては、寝耳に水もいいところだった。

『いやー、黒矢先生、「黒い世界で白いきみと」、めちゃめちゃ面白いですよ! 中学生でこんな面白い作品が書けるなんて、先生は天才ですね! 天才少年の担当ができることを光栄に思います!』

声をかけてくれた編集者は、厚木さんと言った。

性別は男で、年は三十代半ば。

中学生の俺にとって、見ず知らずの大人というのはそれだけで緊張を覚える相手だったけれど、厚木さんはとにかく明るい人で、どうにかコミュニケーションを取ることができた。

『主人公とヒロインの掛け合いが本当にいいですね。台詞回しや文章でも、先生のセンスが光ってますよ。本当に面白いです。天才としか思えません』

俺が東北住みということもあり、やり取りのほとんどがメールか電話だったけれど——厚木さんは、とにかく作品を褒めてくれた。

プロの編集者と言えば、厳しい目で作品を読み、ズタボロに批判して手直しを要求するイメージがあったけれど、厚木さんは一度たりとも作品を悪く言ったりはしなかった。

ただひたすらに——褒めてくれた。

中学生の俺を『先生』と呼び、丁寧な敬語で接してくれた。

当時は、彼からの賛辞全てが嬉しかった。

そりゃあ多少なり社交辞令もあるだろうと思っていたけれど——でも、それでも、自分の小説がプロの編集者に認められたことが、嬉しくて嬉しくてたまらなかった。

しかし。

不満が、ないわけではなかった。

不満と呼ぶほどでもない、疑惑みたいな感情は、ずっと頭の片隅にあった——

『改稿？　大丈夫ですよ、黒矢先生。この作品はすでに直す必要がないぐらいに面白いです。完成された完璧な作品です。それに……ＷＥＢで連載していた作品だと、書籍化で変に原稿を直してしまうと元からいるファンをがっかりしさせてしまうことがありますから』

『ああ、イラストレーターはこちらに任せてください。もうある程度目星はつけてますから。希望……？　まあ言うのは自由ですけれど……でも、新人作家さんが挙げるようなイラストレーターって、大体超有名で激務な人なんですよね。そういう方だと刊行ペースが不安定になる危険性が高いですし……』

『パッケージ部分はプロである我々に任せて、黒矢先生はＷＥＢ連載の方に注力してください。今のＷＥＢ小説は、投稿サイトの原作がどれだけアクティブに更新してるかも書籍の売り上げに大きく影響しますからね。あと活動報告もこまめに更新して、ファンの方に書籍の宣伝をガンガンしてもらえるとありがたいです。あっ。予約バナーを貼るのも忘れずに』

順調と言えば順調に、出版に向けた作業は進んでいく。

俺はただ――厚木さんの指示に従った。

パッケージは向こうに一任し、すでにある原稿は一切改稿もせず、ただＷＥＢ原作を一生懸命更新した。これまであまり力を入れてなかった活動報告も頻繁に更新し、読者の人とも積極的に交流を図るようにした。

俺とは関係のないところで出版準備が進む中、ただＷＥＢ連載に集中した。

なにかがおかしいような気はしていたけれど、他の編集者や編集部を知らない俺は「これが普通なのかな」と思っていた。

あれよあれよという間に時が流れ――

いよいよ、俺のデビュー作発売の日が訪れる。

そして――


笑えるぐらい売れなかった。


売り上げ不振による一巻打ち切り。

その通達はあまりに迅速で、発売後一週間ぐらいですぐに連絡が来た。

電話口の厚木さんは申し訳なさそうに、『こちらの力不足で申し訳ありませんが、今の売り上げでは続刊は出せません』と説明してくれた。

ショック――はあったけれど、正直、そこまでではなかった。

どちらかと言えば、やる気の方があったぐらいだ。

なにくそ、と奮起する気概に満ちていた。

そりゃもちろん、デビュー作からバカ売れして大ヒット飛ばせたら最高だけれど、世の中そんなに甘いわけがない。打ち切りは悲しいけれど、へこたれてはいられない。大丈夫。デビュー作でコケても後に大ヒットしたような作家は、世の中にたくさんいる。

俺の作家人生は、まだ始まったばかりだ。

だって。

俺は。

プロの編集者が認めてくれるような、天才少年なんだから――

「……わかりました。打ち切りは、しょうがないですね」

『はい。申し訳ありません』

「それで、次の作品なんですけど……」

『そうですね。気持ちを切り替えて、次の作品で頑張った方がいいでしょう』

「はい！　俺、頑張ります！」

『じゃあ――』

厚木さんは言う。

いつもと変わらぬ明るい口調で、当然のことのように。

『それがＷＥＢで人気になったら、また声をかけさせていただきますね』

え？　と思った。

俺が言葉を失っているうちに、厚木さんは『頑張ってください。先生の成功、祈ってますよ』と述べ、そそくさと電話を切った。

それっきり、向こうからの連絡はない。

俺から何度か新作のプロットなどを送っても、なんの感想もなく『とりあえずＷＥＢに投稿して様子を見てもらっていいでしょうか?』と返されるだけ。

あれ?　と思った。

なにかがおかしい。

作家って——こういうもんなんだっけ?

プロって——こういうもんなんだっけ?

俺は、天才のはずじゃ——

『厚木さんか……。あの人、マジでなにもしない編集だからなあ。数さえ出しときゃいいと思ってるタイプ。嫌ってる人は本当に嫌ってるよ』

一度だけ行った出版社のパーティー。そこで知り合った先輩作家に藁にも縋る思いで相談してみると、そんな答えが返ってきた。

ペンネームは海川レイク。

複数の出版社で十年近く書いているベテラン作家で、小説のみならず漫画原作やゲームシナリオなど、多岐にわたる活躍を見せる。様々な出版社やゲーム会社との付き合いを持ち、業界の裏側にも精通している人だった。

『作家から送られてきた原稿を一切直さないで、そのまま出版させることで有名。そのくせやたらめったら褒めるんだよね。「天才だ」とか「センスがある」とか……誰にでも言えそうなことを適当に言って。改稿なんかしない方が編集者は楽ができるから』

話を聞くと――

当時の出版業界では、小説投稿サイトで連載している作品を書籍化して出版することが流行っていたらしい。

尋常じゃないぐらい、流行っていたらしい。

あまりに流行りすぎて、出版社同士のスカウト競争みたいな現象が発生し――人気のある作品は全て刈り取られ、書籍化され尽くした。

すると編集者の中には、青田刈りのような真似をする人も現れたという。

すでに上澄みを失った界隈で、まだ芽が出たばかりの才能を、育ちきっていない才能を、根こそぎに刈り取り始めた。

作品の文章量も少なく、人気はまだまだ発展途上で将来も未定なのに、他のレーベルから声をかけられる前に手元に押さえておく。

ほんの少しでも話題になったなら、とりあえず声をかける――

『WEB連載に手を出してからの厚木さんはイキイキしてたよ。サイトのランキングだけ見て上から順に声かけて、改稿もせずに横流しで出版するだけ。結構な数のＷＥＢ作品をハイペースで出版しまくって、それなりに結果も出してた。「ＷＥＢ連載は書籍化で原稿を直さない方がいい」って意見もあるからね。厚木さんにとっちゃ天職みたいな仕事だっただろう』

海川先生は、嫌悪感交じりの声で続ける。

『俺は嫌いだけど……まあ、一概に悪党とも言えなくてさ。相性のいい作家さんもいるよ。編集がなにもしなくても初稿から百点満点の原稿を上げてくる天才作家にとっちゃ、ある意味では楽しい担当編集さ。作品のことはとにかく褒めて持ち上げてくれるし、気持ちよく書かせてくれる編集者ではある』

それは、その通りなのだろう。

たとえば俺と同じように、厚木さんから声をかけられたＷＥＢ連載の作品が同月に発売されたけれど――そっちのは発売直後から重版を連発し、素晴らしい売り上げを出している。上手(うま)くいく人は、ちゃんと上手くいっている。

なにより。

俺自身も――気持ちよかった。

天才だなんだと持ち上げられて、とても気持ちよかった。

相手の賛辞を素直に受け止め、自分を天才だと思うことができた。

編集がなにもしなくても完成された原稿を上げられる作家ならば、きっとそんな編集者が担当でも問題ないのだろう。

本物の、天才ならば——

『はっきり言うよ、黒矢くん』

海川先生は言う。

『きみの作品は——商業のレベルには達していない』

一刀両断。

ばっさりと、はっきりと、言われてしまった。

厚木さんならば、絶対に言わないようなことを。

『でもね、きみが悪いわけじゃないよ。中学生ということを考えれば—— 将来性を考えれば、現時点でこれだけ書けていれば十分だとも言える。悪いのはこれを一切改稿せずに出すような編集者だよ。原石を原石のまま客の前に出すようじゃ、編集者なんている意味がない。とりあえずWEBから引っ張ってきて、ダメなら使い捨てればいいと思ってる編集者は、業界にとって本当に害悪だ。声をかけた作家の面倒を見る気がないなら最初から声なんか——』

言葉は途中から、耳に入らなくなった。

はっきり言ってくれたのは海川先生の優しさだと思うし、きちんとフォローもしてくれた。

悪いのは編集者だと断言してくれた。

でも。

どうしてか俺の心に、担当編集への怒りは湧かなかった。

ただただ——惨めさだけが心を埋め尽くす。

俺には最初から、才能なんてなかったのだ。

WEB小説ブームに乗っかりたい編集者が、手当たり次第に声をかけた結果の一人。『下手な鉄砲も数打ちゃ当たる』戦略の、下手な鉄砲の一つでしかなかった。

編集部が欲しかったのは俺ではなく作品で——もっと言えば、WEBで人気が出た作品なのだ。内容なんてどうでもよくて、『WEBで人気』という付加価値だけが欲しかった。

俺の才能や実力になど、毛ほども興味がなかった。

誰にでも言えるような賛辞で適当に褒めていただけで、最初から大して期待なんかしていなかった。だから結果が悪ければ、簡単に使い捨てた。

それなのに俺は——相手の言葉を真に受けて、己を天才だと勘違いしてしまった。

そんな自分が、滑稽で滑稽で仕方がなかった。

自分の実力と才能で夢を叶えたと思い込んでいた自分が、あまりに無様で、あまりに惨めで、恥辱のあまりこの世から消えてしまいたいと思った。

ぶつん、と。

自分の中で、なにかが音を立てて切れてしまったような気がした。

この日から俺は——小説を書くことをやめた。

熱心に続けていたＷＥＢの更新がいきなり途絶えたことで、読者の中には心配してくれる人もいた。活動報告のコメント欄には様々な声が書き込まれた。

体調やメンタルを心配してくれたり――そして、俺の作品の面白さを熱弁してくれたり。

でも俺は――なにも信じられなかった。

褒められるたびに、慰められるたびに、心が暗い色に沈んでいく。

どんなに温かい言葉をもらっても、電話口の厚木さんの声が脳裏をよぎり、何一つとして信じられなくなっていた。

嬉しくて嬉しくてたまらなかったはずのファンの声を――拒絶反応を起こしたみたいに受け付けなくなった。読んだだけで吐き気を催すようになった。

自分の作品の面白さを信じられなくなって、面白いと言ってくれる人の声すらも信じられなくて――

自分がなんのために小説を書いていたのかすら、わからなくなった。

●

「そうだったんだ……」

話を聞き終えた白森先輩は、悲痛な表情となっていた。

俺はパイプ椅子に座ったまま、ペットボトルのお茶を少し飲む。白森先輩が買ってきてくれたものだ。デビュー作の表紙を見た瞬間、軽い呼吸困難に陥ったけれど、今はどうにか落ち着いてきた。

「ごめんね、私……なにも知らずに、無神経なこと言っちゃって」

「……いえ。全部、自業自得ですから」

俺は言った。

自分でも驚くぐらい、乾いた声が出た。

「……ほんと、自業自得なんですよ。才能も実力もないのに、勝手に勘違いしちゃって。夢が叶ったと思って、一人で盛り上がっちゃって……」

言葉を吐き出すたびに、腹の底に重く黒いなにかが溜まっていくようだった。

それでも、自虐と自嘲の言葉が止められなかった。

「親にもだいぶ迷惑かけましたから……。『デビューが決まった』だのなんだのと大騒ぎした挙げ句、今度は引きこもって不登校になって……留年はせずには済みましたけど……親は何回も学校に呼ばれてて……。面倒ばっかりかけて、本当に情けない……」

自慢ではないが——頭はいい方だった。

学年では常に上位三人には入ってるぐらい。

元々の第一志望は、県内で一番偏差値が高い進学校だった。

でも、小説関係でグダグダしているうちに学力は下がり、大した理由のない不登校期間のせいで内申点は最悪。

結果、志望校のランクを落として、この高校を受験することとなった。

「全部──無駄でした」

過去の全てを切り捨てるように、俺は言った。

「無駄……？」

「無駄ですよ。時間の無駄で、人生の無駄だった。変に夢なんか見たせいで──夢が叶ったと思い上がったせいで、俺は……」

夢に溺(おぼ)れて、夢に踊らされて──果てしない恥辱を味わった。

夢なんか見なければ、小説なんて書かなければ……あんなにも惨めな思いをすることはなかっただろう。

「小説なんか書かなきゃよかった……作家になろうなんて、おこがましいことを思わなきゃよかった……。全部、全部……無駄だった……！」

「──無駄じゃないよ」

と。

白森先輩は言った。

慎重に言葉を選ぶような口調で──それでもまっすぐ俺の方を見て、はっきりと告げたのだ。

「黒矢くんが小説を書いたことは、無駄じゃない」

「……どういう、意味ですか？」

「えっと……黒矢くんの人生にとって無駄かどうかは、私にはわからないよ。私は黒矢くんじゃないから。でも――私にとっては、無駄じゃなかった」

「…………」

「だって――」

白森先輩は言う。

口元にわずかな微笑を湛えた、神秘的な表情で。

「面白かったもん、この小説」

俺の本を手に取り、表紙を愛おしそうに撫でながら、そう言ったのだ。

でもその言葉は――俺の逆鱗に触れた。

「いらないんですよ、そういうお世辞は……！」

相手が口にした賛辞を、俺の心はまるで受け付けない。

アレルギー物質を口にしたかのように、拒絶反応が出てしまう。

「面白いわけないでしょう、こんな素人の創作が……！　ネットでほんの一瞬、なんかの偶然でバズっただけの駄作……。商業の、プロのレベルになんて全然達してない……世に出されたこと自体が間違ってる、クソみたいな作品なんですよ」

次々と言葉が溢れていく。

コミュ症で口下手のくせに、自分を卑下する自虐の言葉ならば、いくらでもスラスラと出てきてしまう。

「担当は適当に褒めてただけ……。知り合いの先生からは『商業のレベルじゃない』ってきっぱり言われた……。ネットの評価だって最悪ですよ。文章が酷いとか話が退屈とか作者のオナニーとか、ボコボコに叩かれてて……そんな低レベルな作品を、簡単に褒めないでくださいよ……！」

自分でも笑いたくなるぐらい、賛辞に対し過敏に反応してしまう。

発売後にエゴサみたいなことをすると、当然ながらボロクソにこき下ろすような感想が多かったけれど――でも、好意的な感想がないわけではなかった。

ごくわずかだが、褒めてくれる人もいた。

投稿サイトで以前から応援してくれていた人は、俺や作品に対してもったいないぐらいの温かな言葉をくれた。

でも俺にとってはその全てが――忌避の対象でしかなくなっていた。

「……いいですよね、褒めるのって簡単で。それっぽい言葉並べとけばいいだけですから。適当な批判は逆に叩かれるだけだけど、適当な賛辞には誰も文句言いませんし」

たとえば厚木さんの適当な褒め言葉を――俺が文句一つ言わずに受け入れてしまったように。

心がどんどん黒いものに囚われていくのが、自分でわかった。

担当編集の薄っぺらい賛辞を真に受けて痛い目を見た俺は、ネットで見かける全ての褒め言葉が……信じられなくなっていた。どれだけ好意的な感想だろうと、苛立ちと恐怖を覚えるだけだった。

もう、なにも信じられない。

俺を褒める奴は信用できないし——なにより、自分の実力が信用できない。

自分で書いた作品を、自分が誰よりも信用できない。

「俺だって……今自分で読んで客観的に判断したら——クソつまんねえ作品だって思います。勘違いして自分に酔った中学生が書いた、なんの価値もない駄作——」

「やめて！」

強い声で、白森先輩が言った。

まるで悲鳴のような叫びだった。

同時に、俯いていた俺の頬を両手で掴み、強引に顔を上げさせる。

目が合った。

彼女は真剣な目で——激しい怒りが籠もった目で、俺を睨んでいた。

「私が好きな作品のこと、それ以上悪く言わないで」

「好きな、作品……？」

「うん、好きだよ。さっきも言ったけど、面白かったから」

「……だから、お世辞は――」

「お世辞じゃないよ。私、人には嘘つくけど、本には嘘つかないから」

白森先輩は言った。

まるで、そこだけは譲れないとばかりに、強い声で。

「私にとって面白い本を決めるのは――私。誰がなんて言おうと関係ない。業界のプロが批判しようと、ネットの感想で叩かれてようと、たとえ――作者本人が否定しようと……私が好きだと感じたら、それが私の好きな作品」

「…………」

それはある意味、至極当然の話だった。

読んだ本が面白いかどうかを決めるのは――自分。

たとえ作者がどれだけ『傑作だ』と思っていようが、読んだ人がつまらないと判断したなら、その人にとっては『駄作』でしかない。

逆に言えば。

たとえ作者がどれだけ『駄作だ』『失敗作だ』『黒歴史だ』と言おうとも、読んだ人が面白いと感じたなら、その人にとっては『面白い作品』となる――

「面白かったよ、黒矢くんの書いた話」

白森先輩は言う。

「お世辞なんかじゃない。面白かったし、嬉しくなっちゃった。私のかわいい後輩が、こんな素敵なお話を書いてたんだって思ったら……勝手に誇らしい気分になっちゃった」

そこまで言うと、少し困ったように笑う。

「まあ……そんな手放しで絶賛するほどではないんだけどね。『今まで読んだ本の中で一番面白かった！』とまでは、さすがにお世辞でも言えないかな。未熟だなあ、拙いなあ、と思う部分も多々あったし……否定する人の気持ちもわからないでもない。人には正直薦め辛い本だけど――でも、私は好き。個人的に好き。読んでよかったなあ、って思えた。なんだろ、相性がよかったのかな？」

「相性……？」

「結局は相性だよね、読書なんて。何百万部も売れてる本がなんか自分にはハマらないこともあるし、自分が傑作だと思った本が……全然売れなくて打ち切りで終わっちゃうこともある。私は黒矢くんと、相性がよかったみたい。だからきみの――作家黒矢総吉のファンになっちゃった」

「……っ」

こっちが恥ずかしくなるようなこと、白森先輩はどんどん言ってくる。

もしかしたら、その全てが単なる気遣いだったのかもしれない。メンタル病んでそうな面倒臭い後輩を、適当に励ましただけなのかもしれない。

でも。

俺は——本音だと思った。

どうしてか、本音だと思うことができた。

面と向かって告げられる言葉には、有無を言わせぬ説得力があった。

担当編集との一件から、アレルギーみたいに拒絶してしまっていた自作への賛辞を、どういうわけか今は素直に受け取ることができた。

彼女から発せられる言葉の全てが、胸の奥底に深く染み渡っていく。

あまりに眩しく、光り輝くような言葉。

心を埋め尽くしていた黒く重苦しいなにかを、優しく溶かしていく——

「私は……ただの読者だからさ。自分じゃなにも生み出せないくせに、上から目線で偉そうに感想言うだけの、ただの一読者。だから……黒矢くんが味わった絶望や苦悩を、全部はわかってあげられないし……どうすれば力になれるのかわからない。だから……せめて読者として、無責任なことだけ勝手に言うね」

白森先輩は言う。

俺の手を握り、まっすぐ俺の目を見て。

まるで、作家のサイン会に来たファンみたいな様子で——

「面白かったです。

これからも応援してます。

体に気をつけて頑張ってください」


それは――

なんというか、一つの定型文だった。

読者が述べる感想のテンプレート。

投稿サイトのコメント欄やＳＮＳなどで、作者に向けたこのような賛辞はいくらでも見受けられると思う。俺自身、こういう決まり文句みたいなメッセージは、投稿サイトで何度かもらったこともある。

どこにでも転がっているような、ありきたりな応援コメント。

担当編集との一件から、俺が信じられなくなっていた言葉。

でも。

そんなありふれた文句が――今は震えるほど心に染みた。

心打たれ、心撃たれた。

気がつけば両目から涙が溢れ、止まらなくなっていた。

ああ——

そうか、そうだよ。

思い出した。

嬉しいんだ。

信じられないぐらい、嬉しくなるんだ。

作品を褒めてもらえるって、嬉しいことだったんだ。

『面白い』って言ってもらえるって——応援してもらえるって、魂が震えるぐらい嬉しいことだったんだ。自分がこの世に生まれてきたことを全肯定できるぐらい、誇らしい気持ちになれることだったんだ。

光が。

真っ白な光が心を照らす。

勝手に絶望し、勝手に恥だと思い込み、無駄で無意味なものだと決めつけて切り捨てようとした夢への足跡が——色褪せて真っ黒になっていた景色が。

淡い輝きに照らされて、色彩を取り戻していくようだった。

回想終わって現在。

白森先輩との帰宅デートが終わり、帰宅後――

家族との夕食を終えてから、俺はいつものように二階の部屋に籠もり、ノートＰＣでの作業を続けていた。

そこに、一本の電話が入る。

スマホ画面に映った相手の名前を見て――一瞬、緊張を覚える。

一度深く呼吸をしてから、俺は電話に出た。

「はい、黒矢です」

『どうも黒矢くん、こんばんは』

電話の相手は――海川先生だった。

小説の枠にとどまらず、漫画原作やゲームなど、様々な分野のシナリオを手がける敏腕エリートベテラン作家。

俺にとって、唯一と言っていい作家の知り合い。

『今、大丈夫かい？』

「はい、大丈夫です」

『まずはごめんね、今回は少し返事が遅くなっちゃって。今俺、ゲームシナリオのディレクターみたいなこともやってるんだけど、そっちでちょっとトラブっちゃってさ』

「いえ、気にしないでください。海川先生が忙しいのはわかってますし……それにこれは、完全に先生の善意でやってもらってることですから」

『そう言ってもらえるとありがたいよ。まあ善意百パーセントってわけでもないけどね。俺にとっても得があると思うから付き合ってるだけさ』

「それで……どうでしたか？」

『じゃあ、先に結果から言おうか——合格だよ』

もったいぶりもせずに、海川先生は言う。

『送ってもらった新作の第一章、面白かったよ。導入としては完璧だ』

グッ、と。

スマホを持っていない方の手で、拳を強く握りしめた。

手には力が籠もる反面、体からは力が抜けて、口からは安心の息が漏れた。

「よかったぁ……」

『ははは。お疲れ。長かったもんね、ここまで』

「……本当ですよ」

つい愚痴のように言ってしまう。

「原稿を添削してもらえるのは本当にありがたいんですけど……まさか、第一章だけで半年もかかるとは思いませんでした」

『今の時代は導入がなによりも大事だからね。冒頭で客を摑めない小説は、その時点で九割失敗してるようなもんだよ』

どこまでも商業主義なことを言う海川先生だった。

半年前——

去年の文化祭終わりぐらいから、俺はまた、小説を書き始めていた。

一文字も書けなくなっていた小説を、どうにかこうにか再び書けるようになり、またプロを目指したいと思い始めた。

半端に叶ってしまった夢を、もう一度きちんと叶えたいと思った。

と言っても……さすがに以前の担当に相談する気は起きず、唯一頼れる相手であった海川先生を頼った。

完全なるダメ元だったけれど、海川先生の厚意で原稿を見てもらい、内容を添削してもらえることになった。

けれども——その添削は鬼の如く厳しかった。

まずプロットがさっぱり通らなかった。何度も何度もボツを食らい、ようやくGOサインが出たかと思えば、今度は第一章だけで十回以上書き直させられた。

「……ほんと、しんどかった」

『悪かったね。気を遣ってもためにならないと思って、言いたいことは全部言わせてもらったよ。まあ、少しやりすぎた気もしてるけど。そこらの編集者より厳しくボツ出しまくったからね』

「大丈夫です。しんどかったですけど――でも、楽しかったんで」

楽しかった。本当に楽しかった。

原稿に関して議論を交わし、つまらないものは容赦（ようしゃ）なくボツにされ、なにくそと奮起して前よりも素晴らしい物語を必死に紡（つむ）ぐ。

互いの意見をぶつけ合う、決闘のような打ち合わせの果てに、物語がより高い領域へと昇華されていく。

それは――俺がずっと夢見ていた、商業作家の世界そのものだった。

『……ふん。終わった感を出されても困るぜ、黒矢くん。まだ第一章に合格点を出しただけなんだから。先はまだ長い』

皮肉げに、露悪的に、海川先生は言う。

『最初に約束したとおり、俺が納得できるクオリティーの原稿を上げられなきゃ、俺の紹介で編集部に持ち込むことはしない。親切心で紹介して俺の名を傷つけるような真似は絶対にしないし――逆に、紹介することで俺の株が上がるような作品なら、喜んできみを紹介しよう』

「はい、わかってます。よろしくお願いします」

相手に見えないとわかっていても、つい頭を下げてしまう。

本当に、海川先生にはお世話になりっぱなしだ。

『紹介先の編集部は……まあ、いいところを探してあげるよ。さすがに厚木さんのいる編集部は気まずいだろうから、どこか別のレーベルで』

「はい……あの、でも俺、別のとこで書いて大丈夫なんですかね？　確か、デビューから三年以内は他のレーベルで書いちゃいけないっていう、三年縛りのルールがあるんじゃゃ……」

『三年縛りは、あくまで新人賞受賞者に対する暗黙の了解みたいなものだよ。WEBからの拾い上げには適用されない。それに今じゃ、WEB出身の人が増えたせいでそのルールも一気に形骸化(けいがいか)してる感じがあるしね』

「そうですか。ならよかった」

『そもそも三年縛りなんてのは、出版業界が景気よかった時代だから成立したルールだよ。「三年は他で書くな」……逆に言えば「三年は必ずうちで本を書かせてやる」っていう意味だからね。受賞者を三年間面倒見る覚悟と体力があるレーベルだけが、このルールを新人に強いる権利がある。チャンスを与えて育てる気もないのに形骸化したルールだけを新人に強いる編集部があったとしたら、そんなところはクソ――おっと。ごめんごめん、関係ない話で熱くなりすぎたね』

「……いえ」

うーむ。相変わらず、出版社や編集部への文句だと熱くなる人だなあ。長いこと作家をやってると、そういう不平不満もやはり溜まっていくものなのだろうか。

『まあなにはともあれ、話は原稿を完成させてからだ。第一章の熱量を維持したまま、最後まで書いてみてほしい。あるいは別に、第一章を今以上にクオリティーアップさせてくれてもいい。創作に完成なんてないし、作家にゴールなんてものはないんだからね』

「……はい！」

言葉を嚙みしめるように、俺は強く頷いた。

通話が終わった後――開いたままのPCの画面を見つめる。そこではテキスト編集ソフトが開いたままで、書き途中の原稿があった。

海川先生のオッケーが出る前から、第二章は書き始めていた。

ボツを食らえばまた書き直しなのはわかっていたけれど、それでも筆が止められなかった。

「……ふはっ」

つい、噴き出すように笑ってしまう。

自嘲の笑みだった。

やれやれ、どんだけ気合い入ってんだよ、俺は？

ほんの半年前までは、編集ソフトを立ち上げるだけでも呼吸困難になるぐらいトラウマになっていたというのに……今じゃもう、笑えるぐらいモチベーションに溢れている。

「みんなのおかげ……だよな」

本当に俺は、周囲に恵まれた。

致命的なまでに陰キャでコミュ症で、知り合いなんざ数えるほどしかいないけれど――でも、少数精鋭の知り合い達は、みんないい奴ばかりだった。

両親と姉、海川先生に刻也（ときや）、そして――

「……早く完成させないと」

画面を前に、決意を新たにする。

早く、一日でも早く、この原稿を完成させたい。

プロの作家だと胸を張って言いたい。

そうしたらこんな俺でも、今よりはちょっと自分に自信が持てる。

なにより――この原稿を彼女に読んでもらいたい。

俺のファンだと言ってくれた彼女に、『これからも応援してます』と言ってくれた彼女に、新作を届けたい。

そのタイミングでなら、言えるかもしれない。

こんな俺でも、ずっと隠していたこの思いを打ち明けられるかもしれない。

好きです、付き合ってください、と――

「………とか、そんな予定だったんだよな、本当は」

深く息を吐き出す。

本当に、どうしてこうなっちまったんだろう？

トラウマを克服し、スランプからの脱出を遂げた俺が、苦難を乗り越えて新作を書き上げ、『あなたのために書いた物語です』とか格好いいことを言って告白する予定だったのに……いやまあ、そんながっつりと決意してたわけではなく、万が一告白するならこんな形、って感じで、フワッと妄想してただけなんだけど。

いずれにしても、なにもかもが想定外だ。

俺から告白もせずに、お試しとは言えカップルになれてしまうなんて。

「ほんと、なにが起こるかわかんねえな。人生っつーのは」

夢がいきなり叶うこともあれば、夢に裏切られることもある。

憧れ（あこが）の先輩と、なぜか急に付き合えたりもする。

事実は小説よりも奇なり、とはよく言ったものだ。

「……やるか」

自分の人生に複雑な憂い（うれ）を感じつつ、俺は原稿の続きを書き始めた。

第六章　青春クリティカル

「……やっちまった」

夜。自室にて、俺は深い後悔に苛まれた。

「うーわー……やっちまった。本当にやっちまった。なんでだよ、どうしてこうなるんだよ……？　俺、なんかしたっけ？」

部屋の中をぐるぐる歩き回りながら、己の愚かさを恥じる。

スマホを何度も何度も確認し、外に出たり家のＷｉ－Ｆｉを切り替えたりしてみるも——向こうからの連絡は一切ない。

「これ……白森先輩、完全に怒ってるよな？」

怒っている。キレている。不機嫌になっている。そうに違いない。

ああ、くそ。やっちまった。

どうしてこうなるんだよ。なんでこんなことに……？

俺、なんにも悪いことしてないと思うんだけど……どうして怒ってるんだ？

いや。

悪いのは、たぶん俺なのだろう。

なにが悪いのかはわからないけれど、たぶん俺が悪い。

無意識のうちに、どこか安心してしまっていたんだろう。意中の相手と付き合えたことで、俺は満ち足りたような気分になっていた。その安心感が油断を生み、どこかしら気遣いが欠けてしまったのだと思う。

俺の甘えが、白森先輩を怒らせてしまった。そうに違いない。ああ、情けない。恋愛なんて付き合ってからが一番大事なのに。俺達は単なるお試しカップルで、相手と心を通わせる努力を怠ってはいけなかったのに。

「……謝ろう」

ラインの画面に、謝罪文を打ち込む。

なにが悪いのかもわかっていないのにとりあえず謝るという行為はもしかしたら相手の逆鱗（げきりん）に触れてしまうかもしれないが——それでも現状に耐えられない。白森先輩との連絡が途絶えている状況が、辛（つら）くて辛くてたまらない。

長い長い謝罪文を打ち、校閲（こうえつ）の担当者ばりに誤字脱字をしっかりチェックした後に、意を決して送信ボタンをタップする。

するとすぐに既読となり——そしてなんと、向こうから電話があった。

ドキッとしながらも、通話ボタンを押す。

「……も、もしもし」

『もしもし⁉　ど、どうしたの黒矢くん……？』

響いてきたのは怒りの声ではなく、戸惑いの声だった。

『なんか、めっちゃ長い謝罪文が送られてきたんだけど……？　え？　なに？　なんで？　なんか悪いことしたの？』

「……いや、その、えっと……は、恥ずかしながらなにが悪いのかはさっぱりわかってないんですが、たぶんなにかしらで先輩を怒らせてしまったのではないかと思い、謝罪した次第で……」

『え？　え？　怒る？　私が？』

「……あれ？　先輩、怒ってたんじゃ」

『怒ってないけど』

白森先輩は言う。

本当に不思議そうな声で。

『全然、さっぱり、なんに対しても怒ってないよ。え？　今日、そんな素振り見せたかな？　部室でも普通に仲良くおしゃべりしてたよね』

その通りだ。

今日の放課後も部室で仲良く……というか、いつも通りに俺がからかわれ続けた感じだが、とにかく普通でいつも通りだった。

『黒矢くん、なんで私が怒ってると思ったの?』

「だ、だって――先輩……今日、ラインしてくれなかったじゃないですか!」

俺は言った。

相手は……しばらく沈黙していた。

付き合ってからというもの――白森先輩は毎日連絡をくれた。

からかい調子のメッセージを、毎日毎日送り続けてくれた。

しかし今日――夜の九時を回っても相手からの連絡はなかった。

これは怒っているに違いない、俺が怒らせてしまったに違いない。そう考え、誠心誠意の謝罪文を送ったわけだが――

『……えっと』

やがて困り果てたような声が届く。

『黒矢くんから、なにかメッセージを送ってたわけじゃないんだよね? 私、既読スルーした覚えはないんだけど』

「送ってないです」

『……じゃあ黒矢くんは、私からの連絡がなかっただけで、私が怒ってると勘違いして不安になっちゃったってこと?』

「そう……なる形、です……」

ん？　あれ？

これはもしや……俺、またやらかしてしまった感じか⁉

『……ぷっ。あははは！』

自分の恥ずかしさを自覚すると同時ぐらいに、噴き出すような笑いが聞こえた。

『ふふふっ。黒矢くんってば、ちょっと連絡がなかったぐらいで不安になりすぎでしょ。既読スルーされたならまだしも……ほんの数時間、こっちからの連絡がなかっただけでこれって……ふふっ』

「～～っ」

『ふーん、そっかそっか。そんなに私のことが恋しかったんだ』

「……べ、別に恋しかったわけじゃありません。毎日あったものがなかったから、少し不安になっただけです」

『んー、まあ、実はその辺は――ちょっと狙ってたんだけどね』

「へ？」

狙ってた？

『今日はね、わざと連絡しなかったの』

「……な、なんでそんなことを？」

『だって、いつも私から連絡してばっかりなんだもん』

少し拗ねたような声で言う白森先輩。

『黒矢くん、全然ラインしてくれないし』

「それは……に、苦手なんですよ。自分からラインしたりするの」

メールにしてもラインにしても自分から送るのは苦手だ。『相手に迷惑がられたらどうしよう』と考えてしまう。

まあ結局こんなのは、相手のことを考えてるようで、実際は自分が嫌われることに怯えた自己中な思考回路だということは自覚しているが……それでも苦手なものは苦手なのだ。

『たまにはそっちからも連絡してほしかったから、今日はあえて連絡しないでみたの。そしたら黒矢くんから連絡してくれるかなあ、って思って。でも……ふふっ。まさか、私が怒ったと勘違いして謝罪文送ってくるとは思わなかったよ』

「……っ」

くそ。またやられた。いや……違うか。今回もまた、完全なる俺の自滅だ。いつも自滅してばっかりだけど、今回は特に酷い。

なにやってんだ、俺は……？

『急にあんなライン来るから、なにかと思って慌てて電話しちゃったけど……こんなことなら無理に電話することもなかったな』

「無理に……？」

「あー、うん。えっとね……これで、わかる？」

少し躊躇うような間があった後――ちゃぷちゃぷ、と。

電話口から、水面を手で叩くような音が響いてきた。

「ま、まさか……」

『うん。今――お風呂に入ってるところだった』

心音が一気に跳ね上がる。

『私、お風呂でのんびり本読んだりするタイプなんだ。電子書籍って、こういうとき便利だよね。紙の本はお風呂に持ち込みたくないし』

言葉はもうほとんど耳に入らなかった。

お風呂？　白森先輩が、お風呂中？

つまり、今は――

『ふふっ。なんか変な感じだよね。裸のまま黒矢くんと話してるなんて』

「――っ」

『ねえ、ドキッとした？』

風呂場にエコーした艶っぽい声が、耳朶をくすぐる。

心臓は破裂しそうなぐらい高鳴っていたけれど、

「……いえ、別に」

と必死にクールな声を作った。

「電話じゃ相手の格好なんて関係ないですからね。先輩がどんな格好してようが、どうせ見えないわけですし」

嘘だけど。

頭の中で妄想しまくって鼻血が出そうなぐらい興奮してるけど。

『む……。そっか、そうだよね、電話じゃ物足りないか……』

興奮と動揺をどうにか隠し通せたおかげか、白森先輩は少しつまらなそうな声を出した。よし。クールに振る舞えた、と内心でガッツポーズを決めるが——

『……黒矢くん、ちょっと画面、見てよ』

俺のそんな見栄は、さらなる追撃の呼び水となった。

「画面？　なんで——っ⁉」

指示通りに画面を見て、愕然とする。

目に映る映像が衝撃的すぎて、卒倒するかと思った。

通話アプリの画面では、いつの間にかビデオ通話がオンになっていた。

要するに——向こうの姿が、俺に丸見えとなっている。

『やっほー。見えてるー？』

にこやかに笑う、画面の中の白森先輩。

入浴中というのは本当だったらしく、頭には髪をまとめるヘアバンドがあり、顔には汗が浮かんでいた。

「……ちょっ、なっ、なにやってるんですか、先輩⁉」

『えー、だって黒矢くんが、ただの電話じゃ物足りないっていうから』

「言ってないですよ、そんなこと……。は、早く切ってください……」

反射的に顔を逸らし、スマホを持ってない方の手で目を隠す。

でも――誘惑に負け、どうしても指の隙間から見てしまう。当たり前だ。思春期の男子なら、当たり前の行動だ。

長方形の画面いっぱいに広がる顔には、勝ち誇るような微笑。汗が滲む頬や額はほんのりと赤らみ、妙に扇情的であった。当然ながら首から下は見えないが、ちらちらと覗く鎖骨がとても艶めかしく、異常なほど胸が高鳴り――

『ふふっ。顔真っ赤だよ、黒矢くん』

「~~っ」

『どうせ見るなら、目を逸らしたフリなんかしないで、ちゃんとまっすぐ見てくれればいいのに』

「なっ、えっ……⁉　い、いつの間に俺の方のビデオがオンに――」

慌てて確認するが、こちらのビデオはちゃんとオフになったままだった。

「あれ……？」

『ふぅん。や－っぱりコソコソ見てたんだっ』

「……っ」

『見てないフリしながら見るなんて……黒矢くんはムッツリだなあ』

画面の中で、心底楽しげに笑う白森先輩。

クソ。やられた。かまをかけられ、まんまと引っかかってしまった。ああもう、なんなんだよ、この先輩は？　向こうからは一切俺が見えてないはずなのに、なんで全部行動がバレてんの？　マジでエスパーなの？

それとも俺が……かなりわかりやすい奴なのか？

『ふふっ。ほんとかわいいなあ、黒矢くんは』

「……もう勘弁してください。あんまり遊んでると……スマホ落としますよ？」

『あー、そうだね。落としちゃまずいよね。今落としたら、うっかり大サービスしちゃうかも』

「そういうのいいですから、早く──」

『──ねえ、黒矢くん』

声のトーンが、少し変わった。

『……見たい？』

いってもいいよ？　このまま、手を伸ばしてスマホを引いて

『答えてよ。正直に答えてくれたら……いってもいいよ？』

「な、なに言ってるんですか……？」

『私の裸……見たい？』

「え？」

言いつつ、白森先輩は本当にスマホを、少し引いた。

顔が少し小さくなり——そして見えている上半身の面積が増える。鎖骨より少し下まで。

増える肌色に反比例して、俺の理性が削られていくようだった。

「……ふざけないでください。ダメに決まってるでしょ、そんなの」

『どうして？』

煩悩を必死に振り払いながら応対する俺に、蠱惑的な問いが投げかけられる。

『私は今、黒矢くんの彼女なんだよ？』

「………っ」

『彼氏にお願いされたら……そのぐらい、しちゃってもいいかな』

言葉を失う俺に、白森先輩は畳みかけるように言う。

『ねえ黒矢くん……見たい？』

俺は——なにも言えない。

心臓が口から出そうなぐらい高鳴る。なんだこれは？ どういうシチュエーションだ？ 見たい・見たくない。どっちの選択肢が正解なんだ？

本音を言えば——見たいに決まっている。でもここで正直に答えてしまえば完全に負けのような気がするし、全てが白森先輩の冗談の可能性も……いや、それでも奇跡にかけて正直に答える方がいっそ男らしい気が——

そんな風に、一瞬のうちに考えまくってしまう俺だったが、

『……は、はい、時間切れ！』

ほんの数秒後に、白森先輩はどこか上擦（うわず）った声でそう叫び、ビデオ通話をオフにした。スマホの画面は元の通話の画面へと戻る。

「え、あっ……」

『……ふ、ふっふっふ。あ、あーあ、惜しかったね、黒矢くん。残念ながら時間切れです』

「そ、そんな……早くないですか？」

『早くないです。優柔不断な子には、私のヌードは見せてあげないんです。あーあ、もったいないことしたねー。見たいって即答してたらすぐに見せてあげてたんだけどなー』

「………」

『あはは。じゃ、じゃあ私、そろそろのぼせるから上がるね。また明日っ』

早口で一方的にまくしたてた後、白森先輩は通話を切った。

俺は通話終了の画面をしばらく見つめた後、

「……なんなんだよ、もう～～っ」

と、机に突っ伏して吼(ほ)えた。

はあ。

まったく……相変わらずのクソゲーだよ、恋愛ゲーム。

次から次へと無理難題の選択肢を突きつけてくるくせに……その全てが時間制限付きとは、どういうことだ？

●

翌朝。

いつもの時間に起床し、いつものように朝食を食べ、いつものように自転車に跨(また)がって登校する。うちは学校から結構近く、徒歩で通えない距離ではないのだが……まあなんとなく自転車で通っている。

いつも通りの通学路が終盤に差し掛かったところで――いつも通りではないイベントに出くわした。

「やっほー」

細い道から大通りに出る直前の交差点に、白森先輩が立っていた。

ブレーキをかけ、自転車から降りる。

「おはよ、黒矢くん」

「おはようございます……。どうしたんですか、こんなところで？」

「黒矢くんを待ってたの」

「俺を……？　な、なにを企んでるんですか？」

「いや、企んでないし。まったく……私のことなんだと思ってるの？」

心外そうな白森先輩だった。

いや、だってさ。付き合ってからというもの、からかいのレベルと頻度がどんどん上がってる気がして……。

嫌なわけではないんだが……正直、心臓が保たない。

「……一緒に登校するつもりですか？　さすがに登校は目立ちすぎると思うんですけど」

一緒に下校なら仲のいい友達同士でもあると思うが、一緒に登校となれば、いよいよ怪しさ満点だろう。

「ぶぶー。はずれ。やー、さすがに一緒に登校はまずいよね。大々的に『私達カップルです』って宣伝してるみたいになっちゃうし」

「……じゃあ、なんですか？」

「ん」

と言って、俺に手を差し出してくる。

「え？ な、なんですか？ 金ですか？」

「いや、お金のわけがないでしょ。なんのお金なの？」

「今日まで付き合ってやった料金……つまり、交際費の請求かと……」

「交際費ってそういう意味じゃないから」

俺の大して面白くもない冗談に冷静に突っ込んだ後、

「本だよ、本」

と白森先輩は続けた。

「こないだ約束したでしょ？ アニメ映画の原作の本、貸してくれるって」

「……ああっ」

本屋に行ったときのことか。

あのとき『明日、持ってきます』って言ったんだっけ。やべえ。約束した後にいろいろあったから、すっかりと忘れてた。

「持ってきてくれた？」

「……すみません。完全に忘れてました」

「そっかあ……。まあ、しょうがないよね。正直私も、今日の朝まですっかり忘れてたし」

「明日はちゃんと持ってきますから」

「んー、でもなあ、私、今日読みたい気分なんだよなあ」

「……じゃあ、どうすれば」

遅刻覚悟で今から取りに戻るか？　せっかくの皆勤賞がなくなってしまうが、白森先輩に読みたい本を読んでもらうためなら、皆勤賞なんぞどうでもいい。よし、戻ろう。

決意を固めて、自転車に跨がろうとしたところで――

「ねえ黒矢くん。今日って、学校が少し早く終わるよね？」

と白森先輩が言ってきた。

「え……ああ、はい。確か、先生達の会議があるとかで」

「じゃあさ――黒矢くん家に行ってもいい？」

いきなりの申し出に、俺はギョッと驚いてしまう。

「お、俺の家、ですか？」

「うん、ダメかな？　本、どうしても今日読みたいから」

「……別に、いいですけど」

「ほんと！　やった！　じゃあ今日は同好会なし！　放課後、駐輪場で待ち合わせね！」

嬉しそうに宣言した後、先輩は一人で駆けていった。

俺は呆然と立ち尽くす。

先輩が？ 俺の家に来る？

なんだこの急展開は。え？ あれ？ 彼女が彼氏の家に来るって、結構重要なイベントじゃねえの？ こんなサラッと決まっていいもんなの？

「……いや、落ち着け」

家に来るといっても、家族と住んでる家だ。一人暮らしというわけじゃない。今日はたぶん、家には母さんがいるだろうし……その、なんつーか、大したことは起きないだろう。そもそも目的が本なんだから、家に上がるかどうかもわからないし。

つーか。

先輩も……おっちょこちょいだなあ。

本のこと、今日の朝に思い出したなら、待ち伏せなんかしてないで連絡してくれりゃよかったのに。

ああ、いや、学校に着く直前ぐらいに気づいたのか？

時は巡って放課後――

「ふふっ。久しぶりだなあ、黒矢くん家に行くの」

駐輪場にやって来た白森先輩は、弾んだ声でそう言った。

彼女が俺の家に来るのは、実は初めてではない。

去年の文化祭で出し物の準備をするために、うちで一緒に作業をしたことがあった。まあ出し物といっても、二人しかいない同好会のものだ。大したことはやっていない。部誌という名のレビュー本——俺達二人が好きな本を好き勝手に紹介するだけの本を作っただけ。

「別に大したものはないですよ。ごく普通の一軒家です」

「いいじゃん、私は好きだよ、黒矢くん家。お母さんもすごくいい人だったし」

「口うるさいだけですよ」

「……羨ましいよ、ああいう優しくて明るいお母さん」

ふと表情に影を落とし、憂いを帯びた微笑を浮べながら、白森先輩は独り言のように呟いた。

俺はなにも言えなくなる。

以前少しだけ聞いた、先輩の過去と、先輩の家族——そのことが脳裏をよぎり、胸に痛みを生んだ。

「……ああ、ごめんごめん。変な空気にしちゃったね」

軽く手を振った後、

「よし、じゃあ行こうか」

いつもの笑顔へと戻り、空気を切り替えるように先輩は言った。俺は「はい」と頷いて、二人で一緒に校門から出ていく。

いつだかの放課後デートと同じように、先輩は徒歩で、俺は自転車を手で押して。

「ねえ黒矢くん……今日はいよいよ、アレやっちゃう？」

数分ほど歩き、人通りの少ない道まで来たところで、白森先輩は少し距離を詰めながら言ってきた。

「アレ、と言いますと」

「青春イベントの代名詞、二人乗り」

「……道路交通法違反ですよ。今、そういうの厳しいんですから」

「えー、いいじゃん、別に。ここなら全然人もいないし、人通りの多い道についたら降りればいいでしょ？　ねっ、ちょっとだけ」

「……まあ」

そこまで言われて無理に断るほど、俺は法令を遵守して生きてはいない。

歩みを止めて俺が自転車に跨がると、先輩も続けて荷台に座った。

車体がいつもより少しだけ、深く沈む。

「危ないからしっかり摑まってくださいね。俺、二人乗りなんてやったことないんで」

「えー？　しっかり摑まっちゃっていいの？」

「……適度な力で肩辺りを摑んでください」

「ふふっ。はーい」

明るく返事をした後に、俺の両肩を摑んでくる。たったそれだけの接触でも俺の心臓は騒ぎだし、女子耐性のない自分がつくづく嫌になった。

足に力を込め、ペダルを踏み込む。

スタートで躓くと一気に盛り下がる気がしたから、結構気合いを入れて踏んだ。そのおかげなのか、思いのほかスムーズに自転車は進んでいった。

「わっ、すごいすごい、進んでるね」

「そりゃ進むでしょう」

「大丈夫？　私、重くない？」

「大丈夫です。思ってたぐらいです」

「……こういうときは普通、『思ってたより軽いです』って言わない？」

「いや、その」

だってマジで『思ってたぐらい』だったから。軽いは軽いんだけど、驚くほど軽いわけではない。予想してた負担そのまま、というか。

白森先輩は、スタイルはいいがガリガリというわけではない。腰周りはしっかり細いけど、出るところはしっかり出てるというか……うん。

「あーあ、黒矢くんってデリカシーがないなあ。最近、ちょっぴり体重増えちゃったの、気にしてたのに」

「……先輩は気にする必要ないでしょ。十分細いですし」

「全然だよ。夕海や梨乃と比べたらだいぶ太い」

夕海。梨乃。

美少女四天王、残りの二人の名前だ。

『正統派黒髪ロン毛』——上代夕海。

『ツインテールロリ』——左近梨乃。

……『人妻』といい『黒ギャル』といい、女子の尊厳を無視したような酷いネーミングだと思う。大層業の深い陰キャがネーミングしたんだろうなあ。

ともあれ、『黒髪』と『ロリ』の二人は、どっちもかなりの細身だ。その二人と比べたならば、白森先輩は確かに肉付きがいい方になるだろう。

「それに」

溜息交じりに続ける。

「黒矢くんも結構細いからなあ。一緒に歩いてると私が太って見えそう」

そんなコメントに困ることを言われても……。

「……悪かったですね、ヒョロガリで」

「そんなこと言ってないでしょ。まあ……ちゃんと食べてるのかなあ、って心配にはなってたけど」

心配されてたのかよ。それはそれで、なんだかバカにされるより複雑だ。

これでも一応、去年からちょっとずつ鍛え始めてるんだけど。

「でもさ……」

背後から響く声が、少し艶っぽい響きを帯びた直後——

ぎゅっ、と。

肩に置かれていたはずの手が、胴へと回された。

同時に、相手の上半身が俺の背中に密着する。

かなり思い切り、べったりと——

「ちょっ、なっ……」

「黒矢くん、華奢（きやしゃ）に見えるけど、意外と背中は大っきいんだね」

「せ、先輩……」

「ちゃんと、男の子の背中してる」

抱きつかれたことで、声はかなり近くなる。耳元で囁（ささや）かれる言葉や、背中に伝わる感触が、表現しようのない興奮をもたらしてくる。

お互いにブレザーを着ているから感触はほとんどないが、しかしほとんどないということはちょっとはあるわけで、少なくとも二つの膨らみがあることぐらいはなんとなく背中の感触でわかって——

「……危ないんで離れてください」

必死に心を落ち着かせ、俺は言った。危ないというのは嘘ではない。バランスは問題ないけれど……このままでは俺がいつ正気を失ってしまうかわからない。

「えー、なんで？　嬉しくないの？」

「……別に」

「ふふっ。素直じゃないなあ」

優越感が滲む声で言いながら、白森先輩はゆっくりと体をはなした。

「黒矢くんってさ、アレだよね。ツンデレっぽい」

「うぐっ……。お、俺のどこがツンデレだというんですか？」

「えー、だって超ツンデレじゃん。嬉しくても嬉しいって言わないし、全然素直になってくれないし」

く、屈辱だ……。

相手にツンデレ認定されるのって……なんか、すげえ屈辱。

地味にショックを受ける俺を無視して、白森先輩は続ける。

「黒矢くんがツンデレだとしたら、私はなんだろうな。自分で言うのもなんだけど、あんまりツンデレって感じじゃないと思うし」

「……白森先輩は――」

ふと思いついて、俺は言う。

たぶん、二人乗りで、相手の顔が見えないおかげだろう。

こんな台詞(せりふ)、面と向かった状態だったら絶対言えなかった。

「——カンデレ、じゃないですか」

「かんでれ……？　なにそれ？」

「……簡単にデレデレしてくるから、カンデレです」

「えー、なにそれー」

不服そうな声を漏(も)らす白森先輩だった。


二人乗りは、人気(ひとけ)のない道を通る間だけ——ほんの五分程度で終わった。

たった五分だけれど、濃密な時間だったように思う。なんていうか……青春濃度が濃厚すぎて、五分以上やってたら俺が浄化されていたかもしれない。うん、ちょうどいい時間だった。

その後は二人で並んで歩き、やがて俺の家にたどり着く。

住宅街にある、ごくごく普通の二階建ての一軒家。

「……お茶でも飲んできます？」

「いいの？　じゃあ、ご馳走(ちそう)になっちゃおうかな」

このまま本だけ渡して返すのもなんだったので軽く提案してみると、先輩は嬉しそうに頷いてくれた。

「……ん。あれ？」

ドアに手をかけるも、ドアノブが回らなかった。

「鍵、かかってる……」

誰もいないのか？　とりあえずスマホを取り出し、母親にラインをしてみる。するとすぐに『ちょうど今、買い物に出たとこ』という返事が来た。

「母さん、出かけてるみたいです」

「そうなんだ。えと……じゃあ、どうしようか？」

「まあ、鍵は持ってるんで家には入れますけど」

鞄から鍵を出し、家の鍵を開ける。

「じゃあ……どうぞ」

「え？」

ドアを開けて中へ入るように促すと、白森先輩は驚いた顔をした。

目を見開き、少し顔を赤らめた動揺の表情。

ん？　あ、あれ？

これは……間違えたか⁉

お茶を飲んでいく流れになっていたけれど、親が不在ならまた話が変わるのか⁉

そうか。今の状況はまさに――彼氏が、親のいない家に彼女を連れ込もうとしている図式になっているのか⁉

「いやっ、ち、違うんです……さっきまで、そういう流れだったからつい誘っちゃっただけで……その、だから――ぜ、絶対変なことはしませんから！」

大慌てで弁明するも、完全にいろいろと間違えた。

ひどい。逆効果も逆効果。『変なことはしない』って声高に宣言することで、変なことを意識しちゃってるのモロバレだよ。

ラブホテルの手前で揉める男みたいになってるじゃねえか……！

休憩するだけだから！　みたいな。

「……ぷっ。あはは」

激しく狼狽する俺が面白かったのか、先輩は気が抜けたように笑った。

そして、

「ふふっ。そうだね、絶対に変なことしないっていうなら、あがらせてもらおうかな」

と、いつもの余裕を取り戻し、楽しげに続けた。

二階の自室に先輩を通した後、俺は一階で飲み物を用意する。

ドルチェグストにカプセルを入れ、カフェオレ（カフェインレス）を二つ作った。先輩は『なんでもいいよ』と言ってくれたけれど、ブラックコーヒーは苦手だということは付き合いの中で知っている。ならば……うちにあるカプセルの中では、きっとこれが正解だろう。

部屋に戻り、ベッドの前に座った先輩にカップを手渡す。

「どうぞ」

「ありがとう」

カップを受け取って一口飲んだ後、先輩は部屋を見渡した。

「相変わらず綺麗に片付いてるね、黒矢くんの部屋」

「物が少ないだけですよ」

やや大きめの本棚がある以外、これと言って特徴のない部屋だと思う。本棚に並んでいるのは、自分なりの『一軍』の本。『二軍』の本は段ボールに入れてクローゼットにしまってあり、定期的に入れ替えが行われる。

人様の本を偉そうに格付けするのは申し訳ない気分にもなるが、本棚のスペースが有限である以上、仕方のないことである。

「これ。言ってた本です」

本棚から抜き出して、約束していた本を手渡す。

「ありがと」

本を受け取った後、先輩はくすりと笑う。

「ふふ。本棚にあったってことは、黒矢くんにとっては『一軍』だったみたいだね」

「……まあ」

我が本の一軍二軍制度については、以前うちに遊びに来たときに知られてしまっている。

「あはは。私も似たようなことしてる」と、おかしそうに笑ってもらえた。

うーむ。しまったな。

完全にフラットな状態で読みたいと言われていたのに、本棚から取ったことで事前情報を与えてしまった。

まあ……逆じゃなくてよかったか。

これでクローゼットから探してきてたら――俺にとっては『二軍』の本だと事前に伝えてしまっていたら、空気が盛り下がっていたことだろう。

「読むの楽しみだなあ……って黒矢くん。いつまで立ってるの？」

「いえ……別に」

「座りなよ」

自分の隣のスペースを、とんとんと叩く先輩。

「……失礼します」

「失礼しますって……自分の部屋でしょ？」

人一人分の隙間を空けて座った俺に、呆れた視線が向けられる。

自分の部屋。確かにそうだ。

でも今は……アウェー感が凄まじい。

白森先輩が俺の部屋にいる——その事実に、未だに心と頭が追いつかない。

去年来たときも動揺しまくりで意識しまくりだったけど、今日はそれ以上だ。だって……去年とはなにもかもが違う。

俺達はお試しとは言えカップルになっていて……そして、今はなんと俺達以外、うちには誰もいない。

意識するなって方が無理だろう。

う～、あ～、落ち着け。なにも起きない、なにも起きないって。俺達にまだその手のイベントは早い。大体母さんがいつ帰ってくるかもわからんのに、あれこれやってられるかっつーの。いやでも……少しだけなら。『手を繋ぐ』の次のステップぐらいならば、あるいは——とか。

一人で悶々としている俺に、思いも寄らぬ攻撃が訪れる。

「——ていっ」

「うひゃあっ！」

考え込む俺の脇腹に、くすぐり攻撃が急襲。

いつの間にか背後に回っていた白森先輩が、両手で俺の脇腹を摑んでワシャワシャとしてきたのである。

「あははっ。『うひゃあっ』だって」

「な、なにするんですか……？」

「やー、なんか沈黙に耐えきれなくなって、つい」

「……つい、じゃないですよ」

「ふふっ。黒屋くん、結構敏感なんだね。こちょこちょ〜」

「ひぐっ……ダ、ダメっ……や、やめてくださいって！」

必死に抵抗して逃げようとするも、先輩は悪戯（いたずら）めいた笑みを浮かべたままで、摑んだ手をはなそうとはしない。脇腹に添えられた手はワシャワシャと動き続ける。

俺はもう……どうしたらいいかわからない。

くすぐったいし恥ずかしいし……でも、このじゃれ合ってる感じが悪くはないような気もするし、でもでも信じられないぐらい顔が熱くなるし……ああ、もう、わけがわからない！

「よいではないか、よいではないか」

「……っ。い、いい加減にしないと怒りますよ……！」

両手で先輩の手を押さえ、睨（にら）みつけた。でもたぶん涙目になっていたため、そこまでの迫力はなかったことだろう。

「あはは。ごめんね、黒矢くんが反撃してこないから、つい調子乗っちゃって」

「バカにして……。俺だって、やり返すときはやり返しますからね」

売り言葉に買い言葉でそう告げると、

「……へえ。そうなんだ」

白森先輩は含みを持たせた笑みを浮かべ、すくりとその場で立ち上がった。

そして後ろで手を組み、少し前傾姿勢となる。

「じゃあ――いいよ」

「……へ？」

「やり返していいよ、って言ってるの。このままじゃ不平等だもんね」

「――っ」

ま、まさか……今のをやり返せというのか⁉

脇腹をくすぐる行為を、そのまま先輩にやり返せと⁉

「どうぞ、ご自由に」

やや恥ずかしそうに顔を赤らめながらも、白森先輩は実に嗜虐的な笑みを浮かべて煽るような台詞を続けた。

両手を後ろに回し、無防備な体勢を晒している。

脇腹を狙いやすくしてくれているのだろうが……その前傾姿勢のせいで豊満な胸部がさらに強調される。シャツを押し上げる二つの膨らみ。俺はもうどこを見たらいいかわからなくなって、俯くことしかできなかった。緊張で口の中がカラカラに乾いていくのがわかる。

なんだこれ？

どうする？　どうしたらいい？

触っていい流れなの？

俺が、白森先輩の、脇腹を——

「どうしたの、黒矢くん？　触ってもいいんだよ？」

「……いや、その」

たかが脇腹に触る程度。人によっては、恋人ではない単なる異性の友達にでも平然とやる行為なのかもしれない。でも——俺みたいな陰キャには無理だ。女子の脇腹になんて軽々には触れない。

ましてその相手が、白森先輩となれば——

「やっぱり無理なのかなあ。そうだよね、黒矢くんは照れ屋さんだもんね。大好きな先輩のお腹なんて、恥ずかしくって触れないよねー」

「ぐっ」

畜生……！

バカにしやがってぇ……！

俺が絶対に手を出さないと思って安心しきってるな……。

それはあるいは俺に対する信頼なのかもしれないけれど、男としては大変屈辱だ。このままいつものように照れて撤退したら男が廃る。

やれ。

やれよ、黒矢総吉。

今こそ反旗を翻すときだ。

俺のことを完全に舐め腐っている先輩に、やるときはやる男だとアピールすべき。ピンチはチャンス。普段負けっぱなしの恋愛ゲームで、一矢報いるチャンスだ。

ここで男を見せずにどうする……！

「ふふっ。黒矢くんはかわいいなあ。お腹触るだけなのにそんなに照れちゃって。でもまあ……私は、黒矢くんのそういうとこ――」

完全に油断しきった白森先輩が、俺から視線を外した瞬間。


俺は、彼女をベッドに押し倒した。

無理やり、力尽くで、強引に。

あんなにも触れることを躊躇(ちゅうちょ)していた腹部や肩を摑み、ベッドに押さえつけるようにする。

「……え、え……ええっ⁉」

腕の下にいる先輩は、まるで状況が理解できていないみたいな、素(す)っ頓狂(とんきょう)な声を上げた。

「く、黒矢くん……？」

驚愕(きょうがく)と不安が滲む目でこっちを見上げてくるが、俺は力を緩めない。先輩を押さえたまま、俺もベッドに乗る。

「え……あっ……ご、ごめんね、黒矢くん、私……調子に乗っちゃって」

「……………」

「ダ、ダメっ、待って……その、い、いきなりすぎて、ま……まだ、心の準備が……」

腕の下で白森先輩がなにか言った気がしたが――正直、ほとんど聞き取れなかった。

それどころじゃない。

俺の視線と意識は――窓の外へと向いている。

「やばい、母さんが帰ってきた……！」

母親が乗ってる軽自動車のエンジン音がしたと思い、慌てて外を確認してみたところ、予想通りに最悪の事態だった。

買い物に出かけていたはずの母親が、思ったよりも早く帰ってきていた。

すでに車から降りるところ――

「え……お、お母さん、帰ってきちゃったの？」

「そうみたいです……とにかく先輩はベッドで布団（ふとん）かぶって隠れてください！」

くそ。もう時間がない。

クローゼットも考えたけれど、本が詰まった段ボールが積んであって先輩が隠れるスペースがない。ベッドの下……も無理だ。最近掃除をサボっていたから埃塗（ほこりまみ）れだろう。そんな汚い場所に先輩を押し込むわけにはいかない。

母親が家に入ってくるまで、もう十秒もかからないはず。

ならばやはり――これしか方法をはない。

「……お、俺も一緒に入りますね！」

「え、ええっ？」

戸惑う先輩を無視して、布団に侵入する。

先輩は全身を、そして俺は下半身だけを隠すように。

彼女一人だけを布団で隠そうとすれば、どうしても布団がこんもりしてしまう。

ならば――俺も一緒に入るしかない。

「ちょ、ちょっと黒矢くん……」

「お願いします、協力してください。どうにか……俺だけが布団に入って見えるように」

二人で布団をかぶって俺だけ上半身を出していれば、傍目（はため）には俺が一人で布団をかぶっているように見えるだろう。

ただしそのためには……俺の下半身と彼女の全身を、かなり密着させる必要がある。

「くっ、黒矢くん……」

「ごめんなさい、こんなことさせて……。で、でも、すみません。もうちょっと俺にくっついてください……！」

「わ、わっ。ちょっ、え……ええーっ？」

恥ずかしさを押し殺し、先輩に下半身を押しつける。布団で見えないからなにがどうなっているのかわからないけれど……なにがどうなっていたところで大変なことになっているような気がした。

彼女の全身と、俺の下半身が密着。

考えただけで脳髄(のうずい)が沸騰(ふっとう)しそうだが、緊急事態だから考えないようにする。

「なっ、そ、そこは……う、うう～～っ！　ねえ黒矢くん、私の話を――」

「……大丈夫です」

布団の中で暴れる先輩を押さえながら、俺は言う。

「白森先輩のことは、必ず俺が守りますから」

「…………」

暴れていた先輩が、ほんの一瞬だけ大人しくなった。

その直後——ガチャリ、と玄関を開く音が響く。

続けて、

「総吉、帰ってるのー？」

と、母さんが俺を呼ぶ声がした。鍵のかかっていないドアは、玄関の靴から俺の帰宅に気づいたのだろう——ん？　靴？

し、しまった！

先輩の靴、隠してない！

「誰か友達でも来てるのー？」

……まずい。母さんはもう、玄関にある見知らぬ靴を見てしまったらしい。どうする？　どうすればいい？　俺の靴ってことで誤魔化すか？　明らかに女子用のローファーだけど……好きな女子生徒の靴をつい盗んできてしまったという方向で……。そんな犯罪を告白すれば……母さんは涙を流してしまうかもしれないけれど、でもそれしか誤魔化す方法は——

必死に頭を働かせて様々な思案を巡らす俺だったけれど、するとまた布団の中で彼女がもぞもぞと動き始め、

「ぷはっ」

と、俺の真横から顔を出した。

「あー、苦しかった」

「なっ。し、白森先輩！　早く隠れてください！　じゃないと母さんに見つかって――」

「……ねえ黒矢くん、そもそもさ」

白森先輩は言う。

落ち着いた声で、言い聞かせるように。

「私、見つかってもよくない？」


その後は――

二人で玄関へと下りていって、普通に挨拶(あいさつ)をした。

「あらあら、白森さん、久しぶりね」

「ご無沙汰(ぶさた)してます、黒矢くんのお母さん」

「ほんとねえ。半年ぶりぐらいかしら？　なんだか少し痩(や)せたんじゃない？」

「さっぱりですよ。むしろ少し太ったぐらいです」

「そうなの？　でも相変わらずの美人さんねえ」

「いえいえ、そんな。そういうお母さんこそ、相変わらずお綺麗ですよ」

「あら、お上手。じゃあ私は出かけるけど、ゆっくりしていってちょうだい。部誌の編集、頑張ってね」

「ありがとうございます」

「総吉。ちゃんとおもてなしするのよ」

「……あー、はいはいはい」

「はいは一回」

「………………はい」

「うん。じゃあねー」

母さんはそんなやり取りの果てに、再び買い物へと出かけていった。家には財布を忘れて取りに戻っただけらしい。

玄関のドアが閉められると――

「……ふふふっ」

「～～っ！」

とんでもなく楽しそうな白森先輩と、恥辱(ちじょく)で死にたくなる俺だけが残された。

逃げるように玄関から部屋へと戻ろうとするけれど、当然、白森先輩もついてくる。階段を上る俺の背に向けて、彼女はウキウキとした声で告げる。

「いやー、びっくりしたなあ。まさか黒矢くんが……いきなり押し倒してくるなんて。意外と大胆なところあるんだねー」

「……っ」

う〜わ〜〜っ！

なにやってんだよ、俺⁉

そうだよ、隠れる必要なんてなかったんだよ！　先輩はうちに来たことあるし、母さんにも会ったことあるんだから。今回も『部誌の編集』とか適当な嘘で誤魔化せばそれでよかったんだよ！　どうせ家に来ただけじゃ付き合ってるなんて思われないし、てか別に……最悪母さんにバレても問題ないし。おっさんとＪＫ、あるいは二十七歳ＯＬと男子高校生みたいな、禁じられた恋愛ではないのだから。

それなのに一人で焦って、隠さなきゃいけないと勘違いして……。

やっちまった。

完全にやっちまった。

これはもう……どれだけバカにされてもなんの文句も言えない……！

「まさか、こんな形で黒矢くんと一緒のベッドで寝ることになるとは思わなかったなあ。最初のベッドインは、もっとロマンチックなの期待してたんだけどなあ」

部屋に戻った後も、追撃は止まらない。

「『白森先輩のことは、必ず俺が守りますから』」

「…………もうほんと勘弁してください」

声マネにトドメを刺される。ぐわああ……ダセえ、マジでダセえ。

本当になにやってんだよ、俺は……？

なにもかもが空回りして逆効果だ……。

「えー、そんな簡単には許せないかなー。かなり息苦しかったし、制服はシワシワになるし……それに、きみの下半身をあちこちに押しつけられたしぃー」

「……す、すみません」

「ふふふっ。嘘嘘、怒ってないよ」

頭を下げると、白森先輩は明るく笑った。

「ちゃんとわかってるから。黒矢くんが私を守ろうとしてくれたことは。ありがとね」

「……礼を言われることじゃないですよ。空回りもいいところだし」

「それでも、だよ。気持ちが嬉しかったから」

「………だったら、からかってこなくてもよかったんじゃ」

「それはまあ、ちょっとぐらいは仕返ししないとね。だって……すごくびっくりしたし」

意地悪く笑う先輩に、俺は深く息を吐いた。

しかしやがて――彼女の表情が変わる。

からかうような笑顔から、儚(はかな)げな雰囲気が滲む微笑へと。

「黒矢くんは……いつも私のこと助けようとしてくれるよね」

すくりと立ち上がり、窓の外に広がる夕焼け空を見つめながら、白森先輩は言った。沈みゆく夕日に照らされる顔は、どこか静謐で、神秘的であった。

「去年の文化祭だって、黒矢くんが助けてくれなかったら、私、どうなってたかわからないもん」

「……大したことはしてないですよ」

俺は言った。

去年の文化祭——

あのとき、俺は確かに白森先輩のためを思って動いた。

憧れの先輩を助けるために、全身全霊を尽くした。

でも——違う。

違うんだ。

あのとき助けられたのは、救われたのは、本当は俺の方で——

「これでも結構、感謝してるし、頼りにしてるんだよ……あっ」

言葉の途中で、ふと白森先輩が声を上げた。

視線は俺の本棚へと向いている。

手を伸ばし、一冊の本を取る。

本棚の一番上、右端。

一番目立つ場所に刺してあった、一つの本。

「懐かしいね、これ」

白森先輩はそう言って、愛おしそうに本の表紙を見つめる。

「私と黒矢くんが初めて出会ったとき……偶然、二人で一緒に持ってた本」

「……そ、そんなこともありましたね」

とぼけた風に答えながら、内心では動揺が暴れていた。

やべえ……隠すの忘れてた。前に先輩が家に来たときは前日からしっかり準備してたからちゃんと隠してたけど、今日は急な来訪だからそこまで気が回らなかった。

まずい。

その本の話題になるのは、まずい。

今先輩が手にしている本が、本当は先輩のものだったとバレて——

「ねえ黒矢くん」

戦々恐々とする俺に、白森先輩は言う。

「これ——私の本だよね？」

一瞬、呼吸が止まった。

反射的に白森先輩の顔を見上げる。

愕然とする俺とは対照的に、彼女は穏やかな目でこっちを見ていた。

「部室で初めて会った日……帰るときに慌てて、お互いに間違えて相手の本を持ち帰っちゃった……違う？」

「……き、気づいてたんですか？」

「まあね」

静かに頷く白森先輩。

「黒矢くんも気づいてたよね。もしかして……最初からわかってた？　帰りに私が取る本、間違えたこと……」

「──っ」

「私が本を取った瞬間、『あっ』って言ってたもんね」

「……すみません」

ああ、終わった。全部……バレていたんだ。出会った初日に、俺が気づかないフリをして先輩の本を持って帰ったこと。最悪だ。こんなストーカーみたいな行為、気持ち悪がられるに決まってる。

「謝らなくていいよ。全然怒ってないし。ていうか……実はね」

白森先輩は言いにくそうに、恥ずかしそうに言葉を続けた。

「私──わざとやったの」

「……え？」

意味が、全くわからなかった。

わざと間違えた？

「テーブルの本を取るとき……わざと間違えて、黒矢くんの本を取ったの」

「……ど、どうしてそんなことを？」

「どうしてかな。あはは。自分でもよくわかんない。ただなんとなく……思いついてやっちゃったの。面白そうだな、と思って」

どこか自嘲気味に笑いながら、白森先輩は続ける。

「なんていうか……気分が盛り上がっちゃったのかな？　同好会に入ってきたのが、話が合いそうな後輩の男の子で、そしてその子は偶然にも私と同じ本を読んでて……だから、舞い上がって気持ちよくなっちゃったの。なんか——運命的だなって」

「…………」

「だから、間違えたフリをして黒矢くんの方の本を取っちゃった。お互いの本を交換して……そこからなにか、イベントでも起こったら楽しいかもって、思っちゃったんだ」

一年越しの、真相の告白。

すぐには受け入れられず、混乱が止まらない。あの日の本交換は俺にとっては黒歴史みたいなもので、本当に気持ち悪いことをしたと後悔していたのだけれど——でも。

あれは、ただの偶然ではなかった。

二人が同じ本を読んでいたところまでは偶然だったけれど、そこに二人の思惑が介在し、錯綜した。

先輩もまた、俺と同じようになにかを期待していたらしい。

偶然を、ただの偶然で終わらせないためのなにかを。

偶然を、運命と呼べるにようにするためのなにかを——

「まあ……結局なにも起こらなかったけどね。黒矢くん、全然その後話題に出さないし」

「……出せるわけないでしょ。俺は俺で、黙って先輩の本を持って帰った自分の気持ち悪さをずっと後悔してたんですから。いつ先輩にバレるかと、ずっとビビってましたから」

「あはは、そっか。私も私で、わざとやったことバレたらどうしようって思ってたから、そりゃお互い話題に出すわけないよね」

お互いに相手のリアクション待ちという、ある種の膠着(こうちゃく)状態だったらしい。

それじゃ、なにかが起こるわけもない。

「お互いに言えないまま、一年も経(た)っちゃったわけか。ふふっ。案外似たもの同士なのかもね、私達って」

似たもの同士。

その言葉の響きは、なんだかとてもくすぐったかった。

根暗でひねくれ者の陰キャと、明るくで人気者の陽キャ——対極もいいところの俺達が、似た者同士だなんて。

「結局本の交換がきっかけじゃなんのイベントも起こらなかったけど……でも、他(ほか)にいろんなイベントがあって、その結果黒矢くんと付き合っちゃったりするんだから、人生って本当にわからないなあ」

独り言のように言いながら、白森先輩はベッドに腰掛けた。

それから、とんとん、と隣のスペースを叩く。

「黒矢くん、ここ座ってよ」

「……なんでですか？」

「いいから」

「…………し、失礼します」

有無を言わさぬ口調だったため、俺は従う他なかった。恥ずかしさを押し殺し、頑張って指示されたスペースに——先輩とかなり近い位置に座る。

それだけでも緊張と興奮がヤバかったのに——直後、白森先輩は信じられない行動に出た。

「どーん！」

と。

口で効果音を言いながら、俺を思いきり押し倒した。

「え、え、ええ……⁉」

「ふふっ。押し倒しちゃった」

「……な、なにを」

「さっきのお返し」

混乱の極致となる俺を楽しげに見下ろした後、先輩は俺の隣に寝転がった。

二人並んで、ベッドに横たわっている。

信じられないぐらいに近い距離で、見つめ合っている――

「初めてのベッドインがさっきのアレじゃ、なんかがっかりだもんね。だからやり直そうかと思って」

「や、やり直すって」

「安心してよ、なにもしないから。こうやって一緒に寝るだけ」

怯える子供に言い聞かせるような口調で言いながら、少し体を俺の方に向けてくる。近い。かなり近い。吐息が届くような距離で見つめられて、俺はもうわけがわからなくなってしまう。

「ねえ黒矢くん……私のこと、好き？」

「……言わなきゃダメですか？」

「ダメ。絶対ダメ。言わなきゃもう別れる」

「…………好き、です」

「どのぐらい？」

「……それなりに」

「それなり？」

「…………めっちゃめちゃ大好きです！」

「ふふふ。よろしい」

やけくそ気味に叫ぶと、白森先輩は満足そうに微笑み、俺の頭を軽く撫でてきた。かなり屈辱的な気分だったが……この扱いを悪くないと思ってしまう自分も心のどこかにいて、それがやはり屈辱的だった。

「そういえば黒矢くん、言ってたよね──俺みたいな陰キャは、女子からちょっと優しくされるとすぐに好きになっちゃうって」

「ああ……」

言った。白森先輩から『どこが好き？』と問われたときに、照れ隠しでそんな風に答えてしまった。

「ふふ、大変だね、こんな意地悪な女を好きになっちゃって」

「……っ」

至近距離で向けられる蠱惑的な笑みと挑発的な言葉。目と耳から染み込んで頭へと届き、脳が少しずつ溶かされていくようだった。

「あっ。そうだ。せっかくだし記念に写真でも撮ろっか」

白森先輩はスマホを取り出し、カメラアプリを起動させた。

「まだ二人で撮ったことなかったもんね」

「……何回か撮ったことあるでしょう？　去年の文化祭の終わりとか」

「付き合ってからはまだ撮ってない、って意味。まあ確かに、何度か部活の記念写真みたいなのは撮ったけど」

でも、と白森先輩は言う。

ただでさえ近いのに、また少し距離を詰めて。

ベッドの上でずりずりと寄ってきて、とうとう肩と肩が触れ合ってしまう。

「こんなに密着して撮ったことはないでしょう？」

「……あんまり近づくと火傷しますよ」

「なにそれ？　俺に惚れると火傷するぞ、的な？」

くすくす笑う白森先輩に、心の中だけで呟く。

違うよ。

火傷するのは——俺の方だ。

あなたが近づいてくるたびに、かまってからかってくれるたびに、体も顔も信じられないぐらいに熱くなる。普段は誰も近づかせないように守っている心の一番奥の敏感な部分が、眩しすぎる輝きで大火傷してしまう。

「じゃあ、撮るよ、黒矢くん」

「……SNSとかに上げないでくださいね。事務所NGなんで」

「あはは。わかった。私も事務所NGだから誰にも見せないようにする」

「お願いします」

「二人だけの宝物にしたい、って意味ね」

「……反論はしません」

そんなわけのわからないやり取りの末に、シャッターが切られる。

付き合って初めての写真は、ベッドの上で寝ながらの自撮り。

できあがった写真を見てみると、先輩はバッチリとかわいらしい笑顔で映っていたが、俺の方はかなりぎこちない引き攣った笑顔だった。

お世辞にも出来のいいツーショットとは言えないけれど、でもなんだか、実に俺達らしい写真のような気もした。

結局、付き合って初めての家デートも、付き合って初めての自撮りも、なにもかもが先輩が主導で、俺はリードされっぱなし。

俺と彼女の恋愛ゲームは、今日も俺の敗北で終わってしまった。

負けも負け。

完全敗北。

なにが敗北って……負けても結構幸せになってしまってるんだから、これ以上ない負け犬っぷりだろう。

エピローグ

放課後――

俺がいつものように部室に向かうと、先に来ていた先輩が寝ていた。

長テーブルに倒れるような体勢で熟睡している。脱いだブレザーはパイプ椅子にかけてあり、手元にはスマホがある。

スマホを弄っているうちに眠ってしまった感じだろうか。

「……そういや、今日は寝不足だって言ってたっけ」

午前中のラインで、そんなやり取りをした。

夜遅くまで本を読んでいたから寝不足で眠い、と。

俺は部室へと入り、優しく戸を閉める。

静かに歩き、静かに荷物を置き、静かに椅子を引いて、いつも通り向かいの席に座る。寝不足だというなら、変に起こしたくはない。せっかく気持ちよさそうに眠っているのだ、ゆっくりと休んでほしい。

「…………」

改めて、寝ている白森先輩を見つめる。

隙だらけの体勢で、無防備な寝顔を晒していた。

長い睫毛、スッとした鼻梁、小さな寝息を漏らす唇……なにもかもがあまりに魅力的で、つい視線が吸い込まれてしまう。

普段ならば恥ずかしくてすぐに目を逸らしてしまうけれど、今ならばじっくり相手の顔を見つめることができた。

「……かわいいよなあ」

内から湧き上がる幸福感に押し出されるように、自然と言葉が漏れてしまった。

かわいい。

とにかくかわいい。

「ただでさえ超絶かわいいのに、寝顔までかわいいのかよ。ああ、もう畜生……天使なのか、この人は?」

普段は思っていても照れ臭くて言えない言葉が、今ならスラスラと出てくる。

「……未だに信じらんねえよ。こんな天使みたいにかわいい人が、俺の彼女なんて。ずっと大好きだった先輩と、お試しでもカップルになれるなんて。ほんと、夢みたいだ……」

ずっとずっと恋い焦がれていた相手と――どうにか自分のものにしたくて堪らなかったけれど『どうせ自分じゃ無理だ』と半ば諦めかけていた相手と。

どういうわけか、付き合えることになってしまった。

まるで夢や幻のよう。

「……ありがとうございます、白森先輩」

寝ている彼女に向かって、言葉を紡(つむ)ぐ。

「先輩と付き合えて、俺、本当に嬉(うれ)しいです。こんなかわいくて最高な彼女がいるなんて、俺はたぶん……いや、間違いなく、世界で一番幸せな男だと思います」

こういうことは、本当は起きてるときに言わないと意味がないかもしれないけれど……でも、そんなのは無理だ。普段の先輩を前にしたら、恥ずかしくて照れ臭くて、素直な気持ちなんて絶対に言えない。

まったく。

これじゃツンデレと言われても反論しようがない。

ああ、そうだ。

ツンデレと言えば――

「……白森先輩は、たぶん気づいてないですよね？　カンデレの、本当の意味……」

カンデレ。

自転車の二人乗りをしていたとき、俺が先輩を称した言葉。

ふと思いつき、つい言ってしまった。

先輩に、白森霞という女性に、ぴったりの言葉だと思ったから。

「簡単にデレデレしてくるからカンデレ――っていうのは、嘘です。本当の意味は……恥ずかしくてどうしても言えなかった」

あのときは照れ臭くて誤魔化してしまった真実を、眠ったままの彼女に告げる。

「『カンデレ』はラテン語です。シャンデリアの語源になった言葉で、その意味は……『光り輝く・照らす』」

辞書を読み上げるように一人呟き、ゆっくりと手を伸ばす。

机の上に放り出された、彼女の手へと。

でも、触れることはしない。

寝ている彼女を起こしたくないから――もう少し、天使のような寝顔を見つめていたいから。

本当は、今すぐに手を握りしめたいけれど。

手だけじゃなくて、彼女の全てを抱き締めてしまいたいけれど――

「白森先輩は俺にとって……光そのものです。つまんねえことで挫折して、一人で勝手に絶望して、塞ぎ込んで……真っ黒な世界に閉じこもっていた俺を、あなたが照らしてくれた」

あなたがいたから、立ち上がることができた。

あなたがいたから、前を向くことができた。

夢に溺れて夢に踊らされた俺が、また夢に向かって歩き出そうと思えた。恥と後悔の象徴でしかなかった過去に、少しは意味があったと思えた。

自分のことを——少しは信じられるようになった。

白森先輩の存在は、俺にとって光であり、救いだった。

太陽のように眩しく、月光のように優しく、時に甘く、時に激しく世界を照らす。

深い深い真っ黒な森に差す、矢の如き一条の白い光——

手が届くなんて思っちゃいなかった。

見ているだけで満足だった。近くにいるだけで幸せだった。それ以上の分不相応な願いを抱いてはならないと思っていた。俺ごときが手を伸ばせば、太陽を目指したイカロスの如く海に堕ちて沈んでいくだけだと思っていた。

でも、今は——

「…………」

ほんの少しだけ手を伸ばす。互いの指先が——わずかに触れた。たったそれだけのことで、全身が痺れるような感覚があった。

これが……今の俺が精一杯。

手を握るどころか、指と指が触れるだけでも……興奮と緊張でわけがわからなくなってしまう。

「……すみません、先輩。ほんと、情けない彼氏で」

いちいちキョドって、些細なことでドキドキして……我ながら本当に情けない。

「でも——俺、頑張りますから」

俺は言った。

「なんの奇跡なのかわからないけど……先輩とこうして、お試しカップルになれた。デーティング期間みたいな関係になれた。なまじチャンスみたいなものをもらえたせいで……もう、片思いじゃ満足できなくなっちゃいましたよ」

勝手に神聖視して勝手に偶像崇拝して、手を伸ばすことを諦めたフリをして逃げるのは、もうやめよう。

しっかり、手を伸ばそう。

月や太陽すらも鷲摑みにするような気概で——手を伸ばす。

本気で、真剣に、死ぬ気で——

「すぐには無理かもしれないけど、今はまだ負けっぱなしだけれど——でも、いつか絶対に勝ちますから。白森霞の心を、俺が必ず手にしてみせる」

まだ深く寝入ったままの女神に、俺は言った。

それは宣誓であり——同時に、宣戦布告だった。

恋愛という名の心理ゲーム。

どうにもならないレベルのクソゲーで、その上とにかく俺には適性がない。

でも、俺はもう逃げない。

不向きなこのゲームで、戦い続けることを決めた。

「……ふっ。はは」

長い長い独り言を終えて、俺はつい笑ってしまう。

「なに一人で語っちゃってんだろうな、俺……」

触れていた指を引きつつ、自嘲（じちょう）する。

やれやれ。

我ながら恥ずかしいことを言ってしまったものだ。

こんなの誰かに聞かれてたら、自殺モノだろう。

○

……起きてるんですけどぉおおおおおおおおおおお！

と。

私は心の中で大絶叫。顔はどうにか寝顔をキープしているけれど、内面は大変なことになっている。少しでも気を抜くと……全身から火が出そう。恥ずかしくて恥ずかしくて死んでしまいそう。

ああもう……なんでこうなるの⁉

ただ、いつもみたいにからかおうと思っただけなのに……。

実は私は――最初からずっと起きていた。

寝たフリをして、黒矢くんをいつもみたいにからかおうと思っていた。『寝不足』というのは嘘ではないけれど、彼にラインを送った後にこの悪戯を思いつき、つい実行してしまった。

私が寝ていたら――彼は果たしてどんな行動に出るのか。

それが気になり、つい仕掛けてしまった。

考えていたパターンとしては、寝顔を写真に撮るとか、置いてあるブレザーの匂いを嗅ぐとか。あとは……キ、キスしてくるとか？

彼がなにかしらの行動に出たら『ざーんねん、起きてましたーっ！　ふっふっふ。さぁて、今なにをしようとしたのかなあ？　へえ、ふぅ～ん、黒矢くんは私が寝ているのをいいことに、そういうことしようとしちゃうんだあ』と盛大にからかってやろうと思ってたのに――

それなのに……予想外の攻撃が来た。

黒矢くん――なんで急に愛を語り出すの⁉

寝ている私に向かって、全力の愛を語り出したんだけど！

聞いてるこっちが恥ずかしくなるようなことをベラベラ言ってくるんだけど！　いくら私が寝てると思ってるからって限度があるでしょ、ってぐらいに情熱的に愛を伝えてきた気がするんだけど！

情熱的で、純粋で、真剣な愛――私を好きだという気持ちが痛いぐらいに伝わってきて……死ぬほど恥ずかしい。

もう、心も体もどうにかなっちゃいそう。

あと……カンデレ。

『光り輝く・照らす』を意味するラテン語だなんて全然知らなかった。彼がこの四文字に、まさかそんな想いを込めていたなんて――

うう〜〜……ああ〜〜、もうっ！

うわ〜、だよ、うわ〜っ！　うわ〜ってしか言いようがない……！

普段は照れ屋で捻くれた態度をしてるくせに、なんで私が見てないときには急に信じられないぐらい素直になるの⁉

なんで私が見てない瞬間だけ、えげつない攻撃してくるの⁉

「………」

はあ。

まあ、結局黒矢くんは、そういう男なんだろうなあ。

思い返してみれば――あの日も結局こんな感じだった。

こっちが見ていないと思い込んでるときだけ、黒矢くんはとても素直で男らしかった。

私達のお試し交際が始まった、あの日——

○

「——好きです」

放課後、友達と話していたせいで少し遅れて部室に向かった私を待ち構えていたのは、ドア越しの告白だった。

驚天動地。

ドアに手を伸ばしかけた状態で、完全に固まってしまう。

え？　え？　え？

今、部室の中から『好きです』とか聞こえたんだけど。

声は、思いっきり黒矢くんの声で。

「白森先輩……俺、ずっと前からあなたのことが好きでした。もしよかったら、俺と付き合ってください！」

「〜〜っ⁉」

待って。

ちょっと待って。

え？　なになに、どーゆーこと⁉

これってまさか——告白⁉

白森先輩とは、つまり私のことで……だからこれは——私への告白⁉

え？　え？

黒矢くんって……私のこと好きだったの⁉

「……なんてな。はぁーあ。こんな風に告白できたら……誰も苦労しねえっつーの」

私がドア越しに聞いているとは夢にも思っていないだろう黒矢くんは、一人自嘲気味な口調で続ける。

「だいたいコクるにしても……こんなシンプルでストレートなのじゃダメだろうな。俺みたいな奴が白森先輩と付き合おうってんなら……なにかしらのサプライズがないと」

やはり今のは告白の練習で間違いないらしい。練習というよりは、ちょっと言ってみただけなのかもしれないけれど——それでも。

彼が私を好きという事実は、紛れもない真実らしい。

黒矢くん……私のこと、好きだったんだ——

「…………」

正直に言ってしまえば——ちょっぴりそんな気はしていた。彼と二人きりで過ごす部活動の中で「あれ？　もしかして……」と思う瞬間は何度かあった。

でも、確信なんてなかった。

希望的観測はできても、本音なんてわからなかった。

けれど今、思いがけない形で、黒矢くんの本音を知ってしまった。

「はぁー……好きだなぁ。好きなんだよなぁ」

心の奥からしみじみと吐き出すように、黒矢くんは一人呟く。

私への好意を、私が聞き耳を立ててるとも知らず。

「白森先輩と付き合いたい、カップルになりたい」

「……っ」

「『大好き』とか言われたい、手ぇ繋ぎたい、デートとかしてみたい、放課後一緒に帰ってみたい、登校中に待ち伏せとかしてほしい、自転車の二人乗りしたい、毎日ラインしたい、またうちに遊び来てほしい、一緒に写真撮りたい」

「～～っ⁉」

赤裸々に語られる、こっちが恥ずかしくなるぐらいの願望。

あまりに熱烈で、あまりに純粋な恋心――

「白森先輩のおっぱい見たい、おっぱい触りたい、おっぱい揉みたい……」

「…………」

まあ、純粋ではなかったかもしれない。うん、まあね、その辺はしょうがないよね。黒矢くんだって、年頃の男の子なわけだし。

「白森先輩と付き合って……なんつーか、もっと、こう……イチャイチャしたいんだよなあ」

語彙もへったくれもないような剝き出しの言葉で、どこまでも赤裸々に語られた私への思い。

純粋なだけではなく、年相応にドロドロした恋心。

キラキラと輝く宝石みたいな好意と一緒にグツグツと煮詰まった欲望もあり、だからこそその恋心が、本気だと伝わってくる。

最初は衝撃を受けた私も——今はつい、聞き入ってしまっていた。

驚きと恥ずかしさは、いつの間にか幸福感へと移り変わる。

嬉しい。

こんなに嬉しいことはない。

こんなに幸せなことはない。

だって。

私だってずっと、黒矢くんのこと——

がらり、と。

感情に突き動かされるように、気づけば私は部室の戸を開けた。

「く、黒矢くん……」

すでに覚悟を決めつつあった——具体的に言えば、彼がこの場で告白してきたらその場でオッケーしようと思っていた。

しかし。

「ああ、白森先輩。遅かったですね」

舞い上がる私とは対照的に、黒矢くんは平静そのものだった。

さっきまでのデレデレモードが嘘のような、いつも通りの澄まし顔。

「…………」

「なにボーッと突っ立ってんですか？　早くドア閉めてくださいよ」

「…………」

「ちゃんと最後まで閉めてくださいね。先輩、たまに隙間(すきま)空いてるときありますから。俺、結構そういうの気になるタイプなんで」

「…………」
マ、マジか、この男……!?
さっきまで恥ずかしいぐらい熱烈に愛を語ってたくせに、一瞬でここまで切り替えられるのか。こんなに急にツンツンできるもなのか。

すごい。逆に感心してしまう。

ツンデレにしても、ちょっと気合いが入りすぎじゃないかな？

「……はいはい、ちゃーんと閉めますよ」

普段通りの態度で言って、私はドアを閉める。

思い切り舞い上がっていた気持ちは……ちょっと落ち着いてきた。

ていうか。

若干(じゃっかん)……イライラしてきた。

むう。

黒矢くんめ。

なんでこう、ツンツンしてくるかな。

私がいないところじゃ、めっちゃデレてるくせに。

本当は私のことが大好きなくせに～～っ！

「ドアぐらいでグチグチ言って……。まったく細かいんだから」

「白森先輩が大雑把なんですよ」

「かわいくない後輩だなあ。そういうトゲトゲした態度だと……私、黒矢くんのこと嫌いになっちゃうかもよ？」

「……別に白森先輩から好かれたいと思ってないんで」

嘘ばっかり！

本当は『好かれたい』って思ってるくせに！

私のことが大好きなくせに！

あ～～っ、う～～っ、もう～～っ、なんなの～～っ！

好きなら好きって、面と向かって言ってくれればいいのに！

さっさと告白したらいいのに！

そしたら。

そしたら、私は――

「今日はどうします？　またリバーシでもしますか？」

「……うん、そうだね」

表面上は笑顔を作り、いつもの態度で接する私だけれど……内心では、形容しがたい激情がずっと渦を巻いていた。

自分でもコントロールできない感情が、リバーシをやってる間にもどんどん膨れ上がっていき、そして最後にはとうとう爆発してしまった。

だから私は、勝負が終わった後にこんなことを言ってしまったのだろう。

――きみって私のこと好きなんでしょ？

――とりあえずお試しで付き合ってみる？

○

回想終わって現在。

「……ん。ふぁーあ」

わざとらしいあくびをしつつ、起きたフリをする。

「やっと起きましたか」

「黒矢くん……あー、私、もしかして寝ちゃってた？」

「みたいですね」

小芝居を始める私。幸いなことに黒矢くんは私の狸寝入り（たぬきねいり）には気づいていないらしい。ホッとした反面……その鈍感さにモヤモヤする感じもあったり。

「まさか黒矢くん……私が寝てる間に変なことした？」

「してません」

「えー、ほんとに〜？　大好きな彼女が隙だらけで寝てたんだから、なにかしら悪戯しちゃったんじゃないの？」

「してません。指一本触れてません」

やはり、というべきか。彼はさっきまでのデレデレモードが嘘のようなツンツンモードに戻っていた。

告白練習してたときと、全く同じ。

まあ……『指一本触れてない』が嘘なのはわかっちゃってるけど。

本当は指一本、触ってた。

ちょこん、と。

私の指先に、ほんの少しだけ触れてきた。

……どうせ触るならがっつり触ればいいのに！　男らしく手を握ってみせればいいのに！

仮にもっと強引に、たとえば思い切り抱き締めるようなことをされたって……黒矢くんなら別にいいのに。

それなのに……指一本って。

あ～、も～、どんだけ純情で硬派なのかなあ、この男は？

「……ふふっ」

まあ。

でも。

いいんだけどね。

だって私は、そんな黒矢くんのことが――

「……なに一人で笑ってるんですか？」

「ううん。なんでもない。ねえ黒矢くん、せっかくだし、寝起きに一戦交えようか？」

「なにがせっかくかわからないですけど」

つっけんどんな態度だったけれど、黒矢くんは私の誘いに乗ってくれた。

棚からリバーシセットを取り出し、二人の間に置く。

四つの石を並べて、ゲームスタート。

色は、私が白で、彼が黒。

「黒矢くん、またなにか賭けて勝負する？」

「……賭けると弱くなるので賭けません」

「えー。意気地がないなあ」

「ほっといてください。基本的にプレッシャーとかに弱いんですよ、俺。勝負所の弱さには定評があるのが、この俺です」

「……自分でそう思ってるだけじゃないかなあ」

「え？」

「ううん、なんでもない」

つい漏れてしまった小声の本音を、首を振って誤魔化す。

もしも恋愛がゲームとするならば。

きっと黒矢くんは――自分は負け越してるって思っているのだろう。

私が主導権を握っていて、自分は振り回されっぱなしの負けっぱなし。

石をどんどんひっくり返されて、盤面を相手の色に染められている。

そんな風に思ってそう。

でも――

「ねえ黒矢くん。リバーシの勝つためのセオリーって知ってる」

「セオリー？　そんなのいっぱいあるでしょう」

「基本的なの言ってみて」

「……四隅は取った方がいいとか、『壁』は作らない方がいいとか」

あとは、と黒矢くんは続ける。

「序盤は相手に多く取らせた方がいい、とか」

求めていた答えが出てきて、私は笑う。

つい、笑顔が零れてしまった。

「……うん、そうだね」

「なんですか、今更？」

「ううん、なんでもなーい」

序盤は相手に多く取らせる。

それはリバーシの、初歩的なセオリー。

このゲームは基本的に、石を置く場所が多い方が有利。だから相手の置く場所を狭めるために、序盤はあまり石を返さず、相手に多く取らせる方がいい。

逆に言えば。

序盤に相手の石をたくさん取っていると、最後には負けてしまう。

このセオリーは——もしかすると、恋愛というゲームにも通じるのかもしれない。

「む……」

難しい盤面となり、黒矢くんが真剣な顔で考え込む。そんな顔を見つめていると、むくむくと悪戯心が湧き上がってきてしまう。

「黒矢くん」

「なんです？」

「大好き」

「ぶっ……な、なんですか、いきなり」

「んー？　動揺させる作戦、かな」

「……卑怯ですよ」

「ふふっ。黒矢くん、顔真っ赤。不意打ちに弱いなあ」

「……今度から耳栓持ってきます」

「ふーん。そしたら視覚から攻めちゃおうかな」

「…………アイマスクもつけます」

「あははは。それじゃ勝負できないよ」

楽しく、いつも通りのやり取りをする私達。

いつも通り――私がちょっと優位に立っている感じ。前々からこんな関係だったけれど、付き合ってから一層、この上下関係が固まってきた気もする。

でも――この優位性は、たぶん長くは続かないだろう。

わかってる。

わかってるんだ。

いずれ私はきっと――黒矢くんに負けてしまう。

「………」

相手の顔を見つめたまま、私は心の中で呟く。

ごめんね、黒矢くん。

きみの告白を待ってあげられなくて。

そのくせ自分から告白する勇気もなくて、『とりあえずお試しで付き合ってみる？』なんて上から目線な提案をしちゃって。

きみのことをツンデレって言ってる私も、全然素直にはなれていない。剥き出しの好意を晒すことが恥ずかしくて、先輩風吹かせてからかってばかり。

でも、どうか今だけは許してほしい。

たぶん――長くは続かないから。

私はそのうち、黒矢くんにメロメロになっちゃう。
きみのことが大好きすぎて、今みたいにお姉さんぶってはいられなくなる。
リバーシでたとえるなら、序盤に私の白だけが大量に並べてある状態。
パッと見は私が有利に見える。
でもこのゲームは――序盤に相手に多く取らせた方が勝つようにできてる。
だから私は、いずれ負ける。
最後には全部ひっくり返されちゃう。
心の全てを、きみ色に染め上げられ、塗り潰されてしまう。
ていうか……むしろ負けたい。
早くメロメロにしてほしい。
心の全てを、きみの色一色で染め上げてほしい。
けどまあそれはそれとして……今の関係もそれはそれで楽しかったりする。
だから――ねえ、黒矢くん。
今はもう少しだけ、お姉さんぶってきみをからかっていてもいいかな?

あとがき

『惚れていることが相手にバレる』というのは、思春期の青少年にとっては大変クリティカルな問題だと思います。弱点が剥き出しの状態とでもいうか、生殺与奪の権を相手に握らせてしまってるというか。特に自尊心が強く自意識が高めな男子にとっては……もはや死にも等しい恥辱です。ある程度大人になれば『誰かを好きになることは恥ずかしいことじゃない』って気づけるのかもしれませんが……こじらせている十代男子にはそれが難しい。恋に落ちてる自分が恥ずかしくて、みっともなくて、コントロールできない心がもどかしくて、尋常じゃない敗北感に包まれる。惚れた弱み。惚れたら負け。でもそこで大事なのは、負けたからってそこで勝負が終わらないことなんですよね。負けて始まった恋だとしても、最後に誰が勝つかはわからない。

そんなこんなで望公太（のぞみこうた）です。

新作。恋に落ちてしまったツンデレ陰キャ男子と、彼の好意に気づいてしまった美人先輩のカップルラブコメ。最近、年上ヒロイン作品を書いてばっかりなのですが、今回もまた年上ヒロインです。先輩という一歳だけ年上のヒロインの魅力を突き詰めていくシリーズにしたいと考えています。ハーレムにはせず、一対一ラブコメとして頑張る予定。まあ……主人公的にハーレムにはなりそうにないんですけどね。一巻を書き終わって気づきましたが……黒矢(くろや)くん、白森(しらもり)先輩以外の女子と一言もしゃべってない……母ちゃんとしかしゃべってない……。

当初の予定ではもうちょい美少女四天王の面々とか出てくるはずだったのですが、二人の掛け合いが楽しすぎてほとんどそれだけで終わってしまいました……。彼女達はきっと二巻で活躍するでしょう、たぶん。

以下謝辞。

担当の中溝様。今回もお世話になりました。『ここを一ミリ右に』とかいう謎の微修正にも対応してくれて、本当に感謝しています。イラストの日向(ひゅうが)あずり様。素晴らしいイラストをありがとうございます。先輩はかわいいし、黒矢くんもかわいいです！　これからもよろしくお願いします。

そしてこの本を読んでくださった読者の皆様に最大級の感謝を。

それでは、縁があったら二巻で会いましょう。

望公太

ファンレター、作品の
ご感想をお待ちしています

〈あて先〉

〒106－0032
東京都港区六本木2－4－5
ＳＢクリエイティブ（株）
GA文庫編集部 気付

「望　公太先生」係
「日向あずり先生」係

本書に関するご意見・ご感想は
右の QR コードよりお寄せください。

※アクセスの際や登録時に発生する通信費等はご負担ください。

https://ga.sbcr.jp/

きみって私のこと好きなんでしょ？

とりあえずお試しで付き合ってみる？

発　行　　2020年4月30日　初版第一刷発行
著　者　　望　公太
発行人　　小川　淳

発行所　　SBクリエイティブ株式会社
〒106－0032
東京都港区六本木2－4－5
電話　03－5549－1201
03－5549－1167（編集）

装　丁　　AFTERGLOW

印刷・製本　中央精版印刷株式会社

ISBN978-4-8156-0470-7
Printed in Japan　　GA文庫

試読版は
こちら!

試読版は
こちら!

たとえばラストダンジョン前の村の
少年が序盤の街で暮らすような物語９
著：サトウとシオ　画：和狸ナオ

GA文庫

「僕が一年生の代表ですか！？」

　アスコルビンでの修行を終え、自分の力に自信がもてるようになったロイド。学年筆頭生徒として王国の祭典「栄軍祭」に参加することに。ところが、隣国プロフェンから借り受けた国宝が「姿無き怪盗ザルコ」なる悪党によって盗まれてしまう！　さらに時を同じくして王様も行方不明となり、軍部騒然の非常事態に突入――の裏でこっそり進められる、アルカの黒歴史隠滅作戦とは！？　初めての学園祭が一転、国際問題に発展しかける中、事態を解決できるのはやっぱりロイドしかいない！

「すみません。僕、本気出します」

　無自覚最強少年、遂に実力がみんなに知れ渡るかも？　な第９弾！